PRIMAVERA
EDITORIAL

beijo na testa é pior do que separação

crônicas do fim de tudo

felipe pena

Para ela
Quando ela voltar
Se o mundo houver
Novamente

Este livro não é dedicado à Karla. Já a vida...

"Rever-se, muitas vezes, é a autêntica separação."
Christian Hebbel

"No caso da separação, sejam fortes.
E lembrem-se: não fiquem com raiva, fiquem com tudo!"
Ivana Trump

"De repente do riso fez-se o pranto..."
Vinicius de Moraes

• crônicas do fim de tudo •

a saudade

é

minha

culpa

As frases não ditas são eternas. Não era o que eu queria dizer. Nem o que o ela teria dito. Mas já estava lá, escrito, como se fosse para nós. O que ficou de você em mim foram fragmentos, polímeros, fractais, resíduos.

E o teu queixo no queixo do meu filho. Teu genoma em cada livro. Tua face em cada linha. Teu sangue em cada frase. Minhas frases, tuas digitais, e teu queixo, teu texto. O que você lê agora é o que resta nos olhos do rufião. Sobrevivi, mas não voltei a me encontrar. Depois de você, todas tinham o mesmo defeito: nenhuma delas era você.

Nunca nenhuma delas será você.

Os outros são nossos narradores. Não há fuga possível para o discurso alheio que nos constrói. Estamos à mercê dos advérbios que não queremos, dos adjetivos que não merecemos, dos pronomes que foram trocados (de propósito?). Nossa história não nos pertence. Não temos tempo. Tempo é expectativa. É o portão de ferro da angústia.

Mas se você estivesse aqui, tudo seria diferente! Se você estivesse aqui, pela oitava e única vez, prometo que tudo seria diferente. Se você estivesse aqui, eu ouviria os comentários sobre meu egoísmo, concordaria com as mudanças, aceitaria as críticas, não me importaria com a verdade.

Se você estivesse aqui, o teu egoísmo não seria necessário.

Se você estivesse aqui, alugaríamos um apartamento bem pequeno para que os desencontros acabassem se encontrando.

Se você estivesse aqui, chegaríamos no mesmo passo, enfrentaríamos a chuva, dividiríamos a capa e a marquise.

Se você estivesse aqui, comeríamos no mesmo prato, dividiríamos a carne, beberíamos o licor no copo de vinho.

Se você estivesse aqui, levaria teu avô ao médico, cuidaria do teu pai, educaria teu irmão e te daria um filho.

Se você estivesse aqui, trocaria os pronomes só pra te incluir na minha gramática do caos.

Se você estivesse aqui, arrumaria um quarto pra tua mãe, fingiria que gosto dela e ainda acreditaria nos elogios.

Se você estivesse aqui, dormiríamos até mais tarde, com a cortina fechada e o mundo lá fora, sem importância.

Se você estivesse aqui, passaria o creme nos teus pés depois de lixar tuas unhas pra te livrar da solidão.

Se você estivesse aqui, eu me sentaria na beirada da cama por duas horas, com o paletó fechado, enquanto você escolhe o vestido da festa.

Se você estivesse aqui, puxaria o zíper até o final das costas, deixando minha respiração no pescoço perfumado.

Se você estivesse aqui, sairíamos pela noite da cidade iluminada, veríamos o filme do cineasta desconhecido, descobriríamos um restaurante íntimo, escolheríamos o prato da casa, cruzaríamos a ponte e veríamos o barco pela proa.

E tudo mais. Tudo o que você sempre quis:

Ouvir Indian Maracas, do Pelvs. Dançar na batida do Bob Sinclair.

Degustar o *macarron* da esquina. Ler a bíblia do Roberto Bolaño. Ver a exposição do Albuquerque Mendes. Assistir à montagem do Cyrano. Ir ao show do Radiohead e não se conter na quarta música da lista. *I wish I were special.*

Se você estivesse aqui, eu teria evoluído.

Mas você não está.

Quando foi embora, deixou-me a culpa e o atraso.

quando

foi embora,

deixou-me

a culpa

e o atraso.

o amor

não discute,

vai embora

Ela o manipulava utilizando a própria indignação como estratégia. E não precisava se colocar no papel de vítima. Bastava fazê-lo perceber os julgamentos injustos, a paranoia, a insegurança. Mostrava-se plena, absoluta. Uma confiança quase religiosa perpassava seu sorriso lateral enquanto falava, sem pausas, como se um regimento militar a ouvisse.

Mas só permaneceu no controle até reparar nas estantes vazias da sala e nos caixotes com livros perto do bar, onde, no lugar das garrafas, jaziam pedaços de jornal velho. Havia candelabros cobertos com plástico e quadros protegidos com papelão. Duas malas cheias estavam empilhadas ao lado da porta, junto a alguns objetos que ainda não haviam sido embalados.

Sentiu o golpe, mas fez-se de desentendida. Aquele idiota recalcado estava fugindo! Fugindo de verdade! Fisicamente. Geograficamente. Covarde filho da...! Por que ficar de conversinha se já estava decidido a partir? Teve vontade de ser mais violenta do que ele, e não apenas de forma verbal. Precisava mordê-lo, arranhá-lo, bater naquela cara bonita. Como ele era bonito! Agora ainda mais, como um soneto incompleto, uma escultura neoclássica sem os membros, algo inacabado e, por ser inacabado, muito mais bonito.

Não tinha um rosto geométrico. Era masculamente desproporcional: os olhos grandes, as maçãs salientes, o queixo pontiagudo e rachado, a barba meio grisalha com falhas visíveis em ambos os lados. E os sulcos laterais denunciando a idade, o detalhe preferido dela. Um rosto perfeito de um homem perfeito. Tão perfeito, que não o veria mais.

— Vou voltar pra casa. Não posso mais ficar aqui. Meu voo está marcado pra depois de amanhã.

Então era o fim. Antes mesmo do começo. O fim. O que poderia fazer? Segurá-lo pelo pescoço? Encenar um escândalo? Suplicar para que ficasse? Dizer: "eu te amo, não me abandone"? Isso seria pior do que perdê-lo. Porque perderia a fleuma, a postura altiva, a verve crítica que o conquistara. E, nesse caso, o perderia de qualquer jeito.

— Não há encantamento na hora da partida — ele disse. E ela ficou em silêncio.

O jogo de aforismos de repente perdera o sentido. Não conseguia elaborar uma resposta à altura, uma frase de efeito, algo genial que a trouxesse de volta ao controle. Pela primeira vez, não sentia qualquer prazer na superioridade intelectual. Naquele instante, gostaria de ser uma dona de casa siciliana, com as ancas largas, a lasanha no forno e as crianças na barra da saia.

Queria não ter pensado na carreira, no mundo, na sociedade capitalista. Queria não ter se filiado a um partido de esquerda. Queria não ter brigado com a família. Queria não ter lido Nietzsche, Foucault, Marx, Freud, Deleuze, Lacan. Queria não ter ombros largos. Queria não ter opinião.

Mas tinha. E era estranho pensar como tudo o que representava tanto valor poucos minutos antes agora não passava de névoa, espuma de chuveiro, pó.

Deslizou o corpo pelo sofá, segurando no braço, para não cair. Olhou reto, certeira, nos olhos dele. Uma lágrima insistia em romper o bloqueio emocional, mas ela a segurou, refez o dique. Enxugou o canto, discretamente, dilatando a pupila para disfarçar. Ele se aproximou, curvou o corpo, tentou beijá-la na testa, mas ela o afastou.

Beijo na testa era pior do que separação.

beijo na testa

era pior

do que

separação.

a última

carta

do tarô

Ela ligou o rádio. *O medo de ter medo de ter medo.* A Nina adorava o Renato Russo. Ouvia o dia inteiro, intercalando com a poesia do Rimbaud, os romances latino-americanos e a novela da Globo. Podia ser um recado personalizado se eu fosse capaz de entender. Bastava notar o aumento do volume no meio da música, sempre na mesma parte: *o salva-vidas não está lá porque não temos.*

Não notei. O salva-vidas não estava lá.

No primeiro ano, grudamos o couro um no outro até fazer ferida. Tínhamos que recuperar o tempo perdido. Outra música do Renato, eu sei. Mas nessa época ouvíamos Radiohead, Los Hermanos, Beatles e até nos divertíamos com a Lady Gaga, dançando seminus na varanda só pra escandalizar os vizinhos.

Nas noites calmas, as *peel sessions* de PJ Harvey e o remix do Yo La Tengo disputavam espaço com o velho Miles Davis. Bebíamos o *Chateau Laplanche* no copo de geleia mesmo, mas só após a decantação.

— Deixa o vinho respirar, meu amor.

Os fins de semana eram todos prolongados. Nina chegava lá em casa na quinta e só ia embora na terça. Vida de casado, eu achava. E continuei achando. Ela separou metade das gavetas do closet, transferiu minhas camisas para o quarto de hóspedes e hospedou os sapatos no lugar da coleção de fitas VHS, devidamente catalogadas no armário da biblioteca. *Bora digitalizar esse negócio!*

Concordei.

Nem o que havia de mais perturbador na minha rotina intelecto-urbana era um estorvo. Pelo contrário. Eu gostava dos jogos infantis, das interrupções no meu trabalho, do raciocínio perdido. Há uma certa sedução na ingenuidade. Ou na crença na ingenuidade.

Nina preparava pequenas surpresas em efemérides do calendário judaico-comercial-cristão. Na Páscoa, separou cascas de ovos e pintou-as delicadamente como se fossem obras astecas, deixando-as em um cesto na porta do meu escritório. No Natal, fez um imenso cartão em forma de mosaico com fotos de nossa viagem pela Europa. No meu aniversário, construiu uma bandeja para o notebook, acompanhada de uma proteção de tela com o rosto do incrível Hulk. "Você é meu Bruce Benner", dizia, estimulando raios gama por métodos pouco ortodoxos.

E voltava pra minha biblioteca, tentando sorver tudo o que encontrava nas prateleiras. Literatura russa, sociologia americana, história francesa, filosofia alemã. Só parava pra ver a novela e o paredão do *Big Brother*.

Ela conseguia fazer essa mistura entre versos alexandrinos e cantigas de ninar (incluindo o trocadilho). Como se a Sylvia Plath e uma líder de torcida habitassem o mesmo corpo. Num dia líamos *A superação da metafísica*, do Heidegger. No outro, dançávamos o "Ilariê" da Xuxa. E eu morro de vergonha desse alemão pós-niilista. Prefiro o concretismo da loura, embora jamais tivesse tempo de acompanhar sua pedagogia. Além de não ter nenhum tesão nas paquitas.

Meu negócio é a Nina mesmo.

Seria injusto dizer que metade das minhas crônicas foi inspirada na sua transcendência eslavo-tupiniquim-televisiva. Era muito mais que isso. Todas as crônicas, todos os livros, todos os verbos, advérbios, adjetivos, concordâncias e discordâncias da minha lexicografia primária foram criados pelo dicionário de Nina. Tudo estava nela. Sem exagero. Podem acreditar: não tô pagando paixão. Apenas consignando um fato concreto, lúcido, racional.

Ainda assim, não fui capaz de perceber sua angústia. Não consegui dançar nas entrelinhas. Não olhei pra cima. Não cavei a terra. Não joguei as cartas do tarô. Não li o poema do Carpinejar.

Descobre-se um amor na iminência de perdê-lo.

não fui capaz

de

perceber

sua angústia.

chegadas

e

partidas

Penso em teu rosto sempre que faço o *check-in* nos aeroportos dessa estrada. Não é a partida, nem a chegada. Muito menos a ilusão de tua companhia nos lugares onde nunca estás. Tampouco a lembrança das noites em que tua presença foi meu soluço. Pra ser sincero, o que te traz à memória é preencher o verso do cartão de embarque.

A moça da companhia aérea, com aquele sorriso morno e o cabelo passado a ferro no tintureiro, solicita que eu escreva nome e telefone de um contato para emergência. Que tipo de emergência? – pergunto, retoricamente, já sabendo o significado. E cravo o teu número no papel.

Poderia ser o número lá de casa. Ou de alguém da família. Quem sabe o daquele primo distante com fama de resolver todo tipo de problema, o que, sem dúvida, inclui resgatar parentes desaparecidos no ar. Mas não consigo ser tão pragmático. É o teu nome que me vem à cabeça.

Nome não. O que escrevo são as poucas letras do teu apelido, imaginando a tua reação com o telefonema de um desconhecido pronunciando a palavra cujo significado é tão íntimo para nós. Tão cúmplice de nossas manias. De nossos erros. De nossas festas. O apelido que surgiu naquela noite iluminada, entre colchas roubadas e garrafas vazias. O apelido pequeno, mas definitivo. O apelido que agora ouvirás de um senhor de terno, com formação em psicologia e a voz pausada. Mas que, mesmo assim, ainda vai te fazer pensar que sou eu ao telefone.

Não haverá desespero ou sofrimento. Ninguém é obrigado a acreditar no que parece impossível. Temos a eternidade, não temos? A realidade não importa, meu amor. São os versos do Baudelaire, as músicas do Renato e as frases de Gabriel que nos unem neste umbigo literário onde habitamos. Não somos carne, somos letra. E nos momentos em que fomos carne, também houve letra.

Quando o telefone tocar, ainda será a minha voz distante na garganta desconhecida. Mesmo que o timbre tenha mudado e o texto seja tão ruim quanto o daqueles experimentalistas do Leblon. Abstraia, sublime, idealize. Leia as cartas que mandei, os e-mails que você armazenou, os livros que escrevi só para que você olhasse pra mim. Eles também não são grande coisa, mas são seus.

Onde quer que eu esteja, continuo a trocar os pronomes e a desrespeitar a pontuação. Por aqui não há regras gramaticais ou fiscais da semântica, embora sempre tenha gostado de ambas e, só por isso, tivesse vontade de mudá-las. Ainda ouço tuas leituras noturnas, a revisão das frases, os poemas em voz alta. Nas crônicas deste lugar, só se fala na menina cujo apelido sempre me inspirou. Não sabia que você era tão famosa!

Tenho que me despedir. O avião vai partir e é preciso desligar os aparelhos eletrônicos. Uma aeromoça pediu que eu ajeitasse a poltrona e apertasse o cinto de segurança. Eu disse que havia mudado de ideia, não queria mais viajar. Mas ela me mostrou as portas fechadas e o sinal luminoso indicando a decolagem. Não há mais tempo. Mantenha o telefone no gancho, verifique o servidor da internet e não se esqueça de pagar a conta do celular.

Sei que te amo porque, na hora do embarque, é a tua imagem que me conforta.

sei que te amo porque,

na hora

do embarque,

é a tua

imagem

que me conforta.

terapia

de

casal

Ontem, recebi um desses e-mails de mulherzinha. Sou ligada na internet, mesmo. É minha melhor companhia, doutora. Na rede, posso ser quem eu quiser. A Angelina Jolie, a Gisele Bünchen, a Jessica Biel. Dá até pra ser a Mulher Maravilha, com cintinho dourado e tudo. Na internet, eu não existo. Ninguém me conhece. Ninguém sabe meu peso, minha altura, a cor do meu cabelo. Não sabem se estou na TPM, se comi cebola crua, se quero matar a mãe do Carlinho. Não, não quero matar a tua mãe, Carlinho! É só força de expressão. Deixa de ser paranoico!

Posso falar do e-mail, agora? Fica calado um minuto, Carlinho! Isso é terapia de casal, tem que dar um espaço pra mim.

É o seguinte: o cara chama a mulher pra jantar. Não, não é real. Tô só contando o que tava no e-mail. Começa assim: com um convite pra jantar. É de manhã e o convite é pro final do dia, claro. A mulher aceita como se fosse a coisa mais natural do mundo, mas sabe que seu inferno astral acaba de chegar. Ela tem que estar preparada. Primeiro, entra numa dieta zero pra não parecer gorda no primeiro encontro. Fica a manhã inteira só bebendo água, mas quando está quase desmaiando, come uma fatia de queijo e duas barras de chocolate. Acaba engordando o dobro.

Depois tem que fazer pé e mão. Não é frescura. Pode estar nevando pra você usar suas botas de cano alto. Não importa. Se o sujeito resolve ir a um restaurante japonês, já era. Aquela cutícula do tamanho de uma azeitona vai ficar do lado de fora. Ou você acha que a meia esconde essa unha horrível? Com o cabelo é a mesma coisa: hidratação, escova, retoque da raiz. Pronto, a tarde já foi embora. E ainda tem a depilação. Pois é! Vai que rola alguma coisa!? Então também tem que usar uma lingerie apertada na bunda, daquelas que incomodam mais do que pelo encravado, porque ninguém fica com tesão em calcinha cor da pele. E se é assim, vale uma passada correndo no shopping pra comprar um vestido novo. Mas como o Zé Mané nunca comunica pra onde vai te levar, você não sabe o que escolher e se transforma num zumbi vagando pelos corredores, louca, insana, desesperada. Sem falar na maquiagem, no banho com sais, na esfoliação com esponja de aço. A hora já chegou e você está em pânico. Mesmo assim, fica prontinha para o encontro. Não atrasa nem um minuto.

Só que, faltando trinta segundos, ele te liga pra cancelar. *Pintou um problema aqui no escritório, querida.* Dá vontade de cravar o salto na cabeça do infeliz!

É assim que eu me sinto, doutora. Faço tudo pela gente, mas o Carlinho sempre cancela nosso jantar. Não interessa que eu tenha separado cílio por cílio com um palito de dentes, que tenha caprichado no rímel, malhado glúteo, usado sabonete aromático, feito massagem. Que tenha me encolhido num vestido micro, sem respirar, só pra parecer mais sensual. Que não sinta mais os dedos do pé devido ao princípio de gangrena por causa do sapato de bico fino. Não importa. Pra ele, tudo é muito simples: basta colocar uma calça jeans, vestir a camisa polo e calçar um sapato qualquer. Pode cancelar o mundo, que nada de grave vai acontecer. Não é isso, Carlinho?

Foi só um e-mail, doutora. Mas bateu fundo. Nem sei quem é o autor. Deve ser um desses textos anônimos que circulam pela internet. Mas pareceu escrito pra mim. Só pra mim.

Minha vida é um jantar cancelado.

minha

vida

é um jantar

cancelado.

a alvorada dos apaixonados

Era uma história de amor muito improvável. Tão improvável como só as verdadeiras histórias são. Um amor de claustro, amor furtivo, amor nas entrelinhas. Um amor construído na alcova, longe dos olhos de todos, para não chocar os incrédulos.

Dilma morava numa cidade periférica. Michel em uma grande metrópole. Ela tinha canelas finas e joelhos ralados pela vida no campo. Ele andava de terno, usava relógios caros e frequentava rodas literárias de qualidade duvidosa, embora se declarasse fã de Otto Lara Resende e outros mineiros ilustres, o que era uma afronta para os paulistas, seus fiéis correligionários.

Conheceram-se numa dessas redes sociais. Outra improbabilidade. Quantos amigos em comum são necessários para aproximar duas pessoas tão distantes? Mas o amor virtual é assim: surpreendente, arrebatador. Na rede, primeiro se conhece a caligrafia, para depois se conhecer o poema. O perfume vem antes do olfato. As preliminares são o clímax.

Sair do virtual para o real não é um passo, é experiência acumulada. Michel se ofereceu em casamento no primeiro encontro. Porque o verdadeiro apaixonado não pede, se oferece. "Somos um casal perfeito", ele disse. "Temos cumplicidade", ela emendou.

Mas Dilma era comprometida, já tinha um pretendente, um bom partido. E que partido! Só não era melhor partido que Michel, embora ele também fosse comprometido. O que fazer, então? A intimidade permitiu críticas mútuas, conselhos, tentativas e drama. Ao contrário da rima, o drama sempre é solução.

— Dilma, minha querida. Esse teu partido tem estrela, mas não tem nada a ver contigo. Sempre achei que você deveria estar perto do sol.

— Oh, Michel! Era sob o sol que gostaria de estar. Mas o hábito me prende aqui.

A essa altura, Dilma já ostentava as mudanças inerentes às mulheres que professam suas crenças e tentam ministrar suas vontades. As olheiras escondidas pela maquiagem francesa, as unhas pintadas de vermelho e um cabelo tão bonito, que as invejosas juravam se tratar de uma peruca.

Michel também mudou. Emagreceu, tirou o terno e alugou uma cabana na serra para formalizar o pedido. Deitaram-se na rede estendida na varanda, depois de um banho demorado na piscina de água quente que ficava ao lado da sauna a vapor. Ele abriu o *champagne*. Ela estendeu as taças.

— Não precisamos de um bom partido. Precisamos um do outro, meu amor — disseram, ao mesmo tempo, como se fosse ensaiado.

E os próprios partidos se deram conta de que não tinham a menor importância diante daquela paixão. A eles restava apenas ceder o tempo para que os noivos pudessem chegar até o altar. Não que fossem esquecidos, pois ainda poderiam contar com a amizade sincera do casal, que seria generoso na hora de cortar o bolo da festa. Sem falar que o buquê teria endereço certo para que um deles pudesse se casar na oportunidade seguinte.

Durante a cerimônia, Dilma e Michel se ajoelharam diante do padre barbudo, que também era padrinho e tio da noiva, situação muito comum nos casórios nacionais. Trocaram alianças depois de inúmeras viagens e aventuras pelo país e pelo mundo. E continuariam viajando após o casamento. Afinal, era pra isso que estavam juntos.

A cumplicidade os tornou ainda mais próximos. Uma volúpia incontida tomou conta deles assim que entraram na casa presenteada pelos padrinhos. Era a lascívia dos votos matrimoniais, a libido da conquista. Na alvorada, dedicavam-se a pequenos prazeres: morangos com chocolate, *romané conti*, brincadeiras infantis e longas conversas que entravam pela madrugada. Riam de tudo e de nada, como só os apaixonados fazem. Estavam juntos e se bastavam.

Se isso não é amor, o que mais pode ser?

se isso não

é amor,

o que mais

pode ser?

as

aparências

desenganam

Cazuza queria a sorte de um amor tranquilo, com sabor de fruta mordida. Renato Russo citava Camões e o fogo ardia aos olhos do público, nítido, visível, contrariando o poeta português. Nada tão diferente, nada tão parecido. Porque assim é se lhe parece, concluiria Pirandello, na frase que já virou clichê.

Minha amiga Berenice também ouviu/leu esses caras, mas, nos últimos dias, anda desiludida com os escritores. Acha que são seres que não aparentam ter amado e, portanto, estariam incapacitados para falar de amor.

Ah, Berenice! Leia Pirandello novamente. De que aparências você está falando? Sua mãe não te ensinou que a boneca Emília era real? E seu pai não falou sobre o Titus? É o imaginário que constitui a realidade do escritor, não o seu cotidiano. Esqueça as biografias, os relatos jornalísticos e todas as narrativas com pretensão de verdade. O que você procura está em outro lugar.

E o que é o amor, Berenice? Pergunta difícil, eu sei. Freud tentou responder, Jung também, Lacan idem. E toda uma estirpe de supostos cientistas da alma. Mas quem se importa com eles? Olhe pra você, que tanto critica as aparências. O que te parece? Diz aí, Berenice!

O beijo de parede, a pele quente, o perfume no suor, o cabelo puxado até o dorso? É isso o amor, Berenice? Então, o que é? A umidade, os planos, as palavras, o cubo mágico, a cumplicidade? É isso?

Uma caminhada pelo *Pére Lachaise*, a *Carmen* de Bizet, o chope do Jobim? Ou a noturna de Chopin? Os diálogos do Woody Allen, o Jim Morrison improvisando em *The end*, o último parágrafo de *Cem anos de solidão*, a tapioca da baiana no Nativo, os jardins do Museu Rodin, o Tom Jobim sussurrando a canção que eu fiz pra te esquecer, a rede social em que trocamos segredos, teus olhos virando a página de um manuscrito? O que mais pode ser, Berenice?

Você não é uma discípula de Parmênides ou de São Tomé. Não quer ver para crer. Não quer o real estereotipado. Seus amores invertem o axioma: as aparências desenganam, pois é a fantasia que move o desejo, que passa o creme no corpo, que usa o espartilho.

A mesma fantasia inscrita no livro que ele autografou. Aquele, lembra? A leitura na cama, cortando as frases, fazendo anotações nas bordas. A leitura nas entrelinhas, na margem, no rosto. A leitura em movimento. E uma Berenice trêmula, ofegante, urgente, roendo as unhas da mão esquerda e lembrando de tudo o que, naquele momento, te parecia amor.

O amor na varanda, de madrugada, com o som alto e os vizinhos ruborizados. O amor no sofá. O amor de conchinha. O amor plural, embora singular no endereço. O amor de quem troca os pronomes e escreve uma crônica pra você. O amor de um escritor, para quem nada é o que parece, e cujas frases saem tortas e embargadas pela tua ausência.

Nosso amigo Agenor de Miranda Araújo Neto, o Cazu, transformava o tédio em melodia. E aí estava uma boa definição. O amor, Berenice, somos nós, na batida, no embalo da rede. Matando a sede na saliva.

E tudo mais que houver nessa vida.

e tudo mais

que

houver

nessa

vida.

cronista

sem

jornal

Muitos anos depois, diante do pelotão de fotógrafos e jornalistas, ela haveria de recordar aquela tarde gelada em que leu minha última crônica. Botafogo era então um bairro pacificado, livre da violência urbana dos anos anteriores, protótipo de um suposto modelo de segurança pública que serviria para toda a cidade: polícia no morro, milícia disfarçada no asfalto e a periferia esquecida pelo Estado. Mas a primavera atípica, com nuvens pesadas e temperaturas glaciais para a época, deixava as mãos trêmulas, ásperas, sem confiança. A respiração arquejante parecia em contraste com a tranquilidade do lugar.

O vento na varanda levantava as folhas do jornal. Era preciso dobrá-lo em quatro, além de se desvencilhar das páginas de política e cultura. O que queria ler estava na editoria de opinião, onde eram publicados os textos de romancistas, poetas, médicos, advogados, professores, humoristas, sádicos e afins, uma editoria redundante, pensava, tratando como exceção apenas as linhas semanais de seu escritor favorito.

Mas o que viu estampado no papel sujo foi decepcionante. Não valia nem o esforço contra o vento. Então era isso? Só isso? Nada mais do que isso? A minha última crônica era apenas a minha última crônica. Nada de gestos heroicos, paixões impertinentes, amores impossíveis. Nada de nada. Mil vezes nada. Não, isso não era papel de um cronista!

Onde estavam as metáforas brilhantes, as metonímias inteligentes, as frases reveladoras? Naquele momento se arrependia de cada minuto perdido com as leituras anteriores. Dos atrasos para a aula de dança, das brigas com o namorado, do peixe esquecido no aquário, da cerveja solitária no sofá, da cumplicidade que acreditava ter. Definitivamente, o sujeito não a merecia.

Minha querida, perdoe a despedida sem *glamour*, o texto insosso, a criatividade zerada. O amor acabou, a amizade ruiu e o papel do jornal agora é outro. Deixo apenas aquele beijo na testa que é pior do que dizer adeus.

Cronista sem jornal não é Ferrari sem gasolina, é Fusca sem capô, cavaquinho sem corda, praia sem chinelo, botequim sem cachaça, batata sem bife, Nelson Sargento com dentadura.

Cronista sem jornal é erro de semântica. É dialética a prazo, sem juros, em dez vezes, nas Casas Bahia. É a perda da sintaxe, do sentido. É a gramática velha, a ortografia antiga, com trema e acento diferencial.

Cronista sem jornal não tem direito ao último pedido, ao afago feminino, ao gozo embevecido. Cronista sem jornal não tem direito a voltar no tempo e pedir a leitora em casamento.

Cronista sem jornal sou eu sem você.

cronista

sem jornal

sou

eu

sem

você.

o amor

já

foi

juvenil

Quem nunca foi piegas não sabe o que é o amor juvenil. Ou então não lembra, o que é ainda mais triste. O amor juvenil tem uma cartografia específica, cuja exploração nos ridiculariza de forma perene e prazerosa. Os fiapos de pelo surgindo no rosto, os hormônios transbordando, as mãos inseguras, os joelhos nervosos. O amor juvenil é sincero, úmido, urgente. Amor de peixe, com as guelras inundadas e o oceano pela proa. O amor juvenil não precisa de explicação, é autorreferencial, um vício desde o início, como diria o Caetano. Mas o melhor dos vícios, cuja dependência é tudo o que queremos.

Meu primo se casou com um amor juvenil. É verdade que a prima já não parecia tão juvenil assim: tinha o cabelo pintado, um passado de guerrilha e espalhava cremes caros pelo corpo. E ele... Bem, ele era ainda mais velho, com uma barba cerrada que a machucava, algumas rugas de expressão e boas histórias pra contar. Mas não tinham dúvidas: eram ambos adolescentes, passionais, loucos. Eram ambos irresistíveis.

Impossível não lembrar das vezes em que andavam de mãos dadas pelas ruas do balneário. Em uma delas, durante um passeio pela orla, ele a pediu em casamento. O dia estava feio, nublado, avesso a qualquer tipo de romantismo. Mas o garoto primava pela criatividade, alimentada pela paixão hormonal e por um senso de oportunidade inigualável. Ela nem imaginava que estavam comemorando cento e três dias de namoro. Só havia comemorações em datas redondas: um mês, um ano, quem sabe uma década. Contar os dias era impossível.

O adolescente apaixonado pensava de outra forma. Não enxergava pieguice em nenhuma manifestação amorosa. Para ser completo, o amor precisava ser ridículo, precisava de extravagâncias e, acima de tudo, precisava de testemunhas. No meio da caminhada pelo calçadão, ele a convidou para almoçar. Um convite estranho para o horário: onze e meia da manhã. Mas ela não recusou, nem mesmo quando recebeu a pequena faixa de pano e o pedido para que vendasse os olhos.

— O que é isso?

— Confia em mim, meu amor.

Andaram por mais alguns metros até uma pequena escada que levava à praia. A areia penetrou nas sandálias, deixando-a ainda mais intrigada. *Vamos almoçar à beira-mar? Calma, estamos chegando.* Não chovia, mas um vento frio entrava pela lateral da blusa, arrepiando a pele já umedecida pela ansiedade. Os passos lentos no solo fofo tornaram o trajeto um pouco mais demorado que o previsto. Ouviam-se poucas vozes. O cheiro de maresia ficava mais forte a cada passo, embora se misturasse com um aroma incomum, de difícil identificação.

Quando sentiu a água bater nos tornozelos, ele pediu que parasse de andar. Apesar do vento, o mar estava calmo, como se fosse um dia de verão. O namorado a pegou pelos ombros, posicionou-a em direção ao horizonte e só depois permitiu que retirasse a venda, o que ela fez com toda a calma do mundo, saboreando o momento. Os olhos demoraram alguns segundos para se acostumar com a luz, tornando a cena ainda mais intensa, já que a imagem apareceu paulatinamente, como um espetáculo que se descortina para o espectador.

Cento e vinte barcos de papel machê navegavam em círculos. Nas pequenas velas que os impulsionavam era possível ver o nome dela escrito com letras góticas, além de um coração estilizado que o envolvia.

Os amigos do casal, todos adolescentes, aplaudiam o gesto romântico, do qual haviam sido cúmplices e artífices. Dos dedos do garoto surgiu uma linha de náilon presa a um dos barquinhos, que estava próximo da areia. Ele puxou o fio lentamente, em movimentos sincronizados, para não derrubar a embarcação. Na ponta do mastro, havia uma aliança de ouro cuidadosamente amarrada, cuja gravação no interior trazia o nome de ambos e um sinal místico que só eles compreendiam.

— Eu aceito.

Os amigos ergueram os copos em torno da gigantesca toalha estendida na areia, ainda úmida, brilhante. O isopor de cerveja dividia espaço com doces e salgados comprados numa padaria do bairro. Havia lágrimas e bolos.

Depois da festa, ele colocou o isopor na cabeça e partiu com a namorada. O amor juvenil precisava de atitude.

O amor juvenil precisava ser carregado.

o amor juvenil

precisava

ser carregado.

o casamento

e

o

desejo

Cheguei à sala de espera do meu analista e peguei a primeira revista da pilha. Estava marcada num artigo dele, provavelmente para impressionar os pacientes. Achei o título interessante: "O casamento e o desejo". Comecei a ler.

"Desejar é um verbo intransitivo. O desejo investe no vazio, naquilo que não temos. O marido rico, bonito e fiel só pode ter a unha encravada. A mulher boa é a da rua, já que não está em casa, claro. Só valorizamos o que está ausente, ou seja, aquilo que só percebo quando perco, porque, depois de perdido, ele se torna perfeito.

Assim é o desejo humano, atormentado por uma eterna insatisfação. Para toda demanda explícita, existe outra, implícita, que é inalcançável, pois sempre se renova. Estamos sempre insatisfeitos, mas, ao mesmo tempo, é essa insatisfação que nos move. Um paradoxo complexo, cuja melhor maneira de entender é não tentar entendê-lo, apenas assumi-lo.

Um bom começo é perceber que homens e mulheres têm cérebros diferentes. Existe uma região no lado esquerdo do encéfalo, chamada área de Werneck, cujo tamanho é duas vezes maior nas mulheres. Essa área é a responsável pela linguagem. Então, as mulheres têm uma capacidade muito maior de transformar sentimentos em signos linguísticos e, por consequência, de se expressar. É por isso que discutem muito melhor a relação, enquanto os homens fogem como cordeiros apavorados. E isso se reflete no desejo. Na maioria das vezes, as mulheres associam sexo com sentimento, enquanto os homens, atraídos pelo visual, tendem a não dar tanto valor a esse tipo de associação. Mas é bom deixar claro que há muitas exceções. E ainda temos que levar em conta os aspectos culturais, psíquicos e sociais.

Então não tire conclusões precipitadas. Nada disso significa que o homem tenha uma tendência inevitável para a infidelidade, ou que a mulher seja sempre romântica. A tal da explicação darwiniana para a poligamia masculina é muito reducionista. É possível reinventar o desejo, criando fantasias, descobrindo outros no interior de si mesmo e explorando a diversidade que habita o imaginário do parceiro.

Há um vício antigo de só perceber um amor quando estamos na iminência de perdê-lo. Mas os homens e as mulheres com senso crítico descobrem esse erro antes de fazer as malas. Reinventam o desejo com criatividade, além de se dedicarem a pequenos gestos diários, como o simples ato de abrir a porta do carro, de elogiar o cabelo ou perguntar como foi o dia no escritório.

Não acredite na velha história de que a grama do vizinho é sempre mais verde. Ou na tese de que ninguém é bom o suficiente para você. Casar pode ser a maior bênção de sua vida. Muitos dirão que o casamento é uma instituição falida, em crise, mas as pessoas continuam casando. Deve ter alguma coisa boa nisso aí!

Tenha certeza, meu amigo: a crise não é do casamento, é do ser humano. E é perene, absoluta, inabalável. Tentamos administrar nossas neuroses diariamente. Mas deve ser melhor estar em crise acompanhado do que sozinho. Dividir angústias e compartilhar risadas ainda são premissas eficientes para manter um casal.

Não cultivá-las é o começo da separação."

Fechei a revista, saí do consultório e nunca mais voltei. Tampouco paguei a conta do analista. Sou um caso perdido.

tampouco

paguei a conta

do analista.

sou um

caso

perdido.

as três versões do casal

Quando se trata de casamento, mudam os problemas, mudam os personagens, mas a narrativa permanece a mesma. Em terceira pessoa, é claro, como devem ser os murmúrios, as queixas e as lamentações. A culpa só cabe na terceira pessoa. Aliás, o número três é mágico para qualquer casal. Seja na fantasia dos triângulos, seja na ilusão de que é possível saber a verdade sobre a vida íntima de alguém.

Se o outro é teu inferno, o que ele conta é uma versão de como se chegou lá.

Primeira versão

O sujeito magro, calvo, ligeiramente vesgo, com olheiras de fim de expediente e o pensamento remoto, quase desconectado do mundo, está chegando em casa. Na mão direita, carrega a valise desgastada pelo tempo, onde estão os documentos que terá de analisar durante a madrugada. Na mão esquerda, a chave do carro, com seguro vencido, cuja lataria amassada em um acidente poucos minutos antes é o sintoma mais claro de que a sorte anda longe. Ele respira no compasso da própria disritmia, enquanto inicia o difícil movimento de rodar a maçaneta com a ponta dos dedos.

Ao empurrar a porta, a valise se abre e todos os documentos caem no chão. Ele tenta segurá-los, mas escorrega no pano de chão molhado que está na porta da cozinha e tomba de cócoras no piso gelado. Durante a queda, esbarra na travessa com o jantar e também quebra os pratos de porcelana dispostos lado a lado. O feijão escorre pelas bordas e queima sua perna, passando pelo tecido claro do terno comprado a prazo nas Casas Pernambucanas.

O homem esboça um choro raivoso, mas se contém diante da presença da mulher, que chega em casa segundos depois. Ao se deparar com a cena, a esposa leva as mãos à cabeça e se desespera. As primeiras palavras são em voz alta e compõem uma bronca desconcertante. Mas, em seguida, ela se acalma. Pensa um pouquinho, coça as madeixas loiras pintadas no *coiffeur* da avenida Suburbana, abre um sorriso amargo e destila a frase para o marido:

— Precisamos conversar!

Segunda versão

A mulher loira, com as unhas delicadamente pintadas e o pensamento na mensalidade atrasada do colégio das crianças está chegando em casa. Na mão esquerda, carrega a bolsa Louis Vuitton falsa, comprada no camelô, em que estão alguns processos do escritório de advocacia onde trabalha como secretária. Na mão direita, a sacola de supermercado com pequenas compras para o consumo do lar, cuja aquisição se deve apenas ao estouro do limite no cheque especial. Ela quase não respira, ainda intoxicada com a tinta recém-espalhada pelo cabelo.

Ao abrir a porta, quebra duas unhas na maçaneta enferrujada, deixa cair os processos em cima do feijão espalhado pelo piso e assusta-se com a porcelana chinesa, presente de uma tia abastada, quebrada em partes infinitas. O susto também causa um suor atípico, que se mistura com a tinta capilar e escorre pela face ruborizada, diluindo o componente químico do amarelo e transformando-o em verde-água, quase azul. E, para completar, a bolsa do supermercado não aguenta o peso das frutas, que escapam pelo fundilho do saco, espatifando-se pelo chão como se fossem uma papa multicolor.

Quando vê o marido deitado no chão, inerte, sem nenhuma reação diante dos acontecimentos, pensa em todos os problemas do casal e, após alguns necessários segundos de histeria, propõe discutir a relação. A resposta dele é um resumo do quadro:

— Mas tem que ser agora?

Terceira versão

Não existe. É intangível, infactível, inexequível. Uma entidade metafísica. Se você acredita nela é porque não tem marido, ou não tem mulher. No casamento, só existem a versão dele e a versão dela. Ambas são mentiras.

E vice-versa.

no casamento, só existem

a versão dele

e a versão dela.

ambas são mentiras. e vice-versa.

as duas

últimas

leitoras

Toda leitora é sentimental. Toda leitora é cândida. Toda leitora espera pela última lágrima, pelo amor impossível e pelo clichê, mesmo que de forma inconsciente. E quem não se encaixa nessa regra não é leitora, é intelectual. Então, volte para o James Joyce ou ligue no *Discovery*.

Berenice abriu o jornal na página sete. Os olhos bateram direto na crônica de Antonio Pastoriza, que ocupava a parte superior, bem acima do artigo do presidente da Ordem dos Advogados, cujo tema, como de costume, versava sobre a urgente necessidade de reformas constitucionais. Para a maioria dos leitores, a disposição dos textos denunciava uma certa vocação literária na editoria de opinião, priorizando o ritmo leve e despretensioso da crônica sobre o tom solene e positivista do artigo.

Poderia parecer que o jornal assumia a completa incapacidade do jornalismo em apresentar os fatos, reproduzir a realidade, dizer a verdade. E, então, falaríamos em redundância. Mas, para Berenice, jornalista experiente e repórter da principal rádio do país, havia muito que essas questões já estavam resolvidas. Sabia que o máximo que podia apresentar era um efeito sobre o real, a narrativa possível, a versão.

Suas reportagens construíam socialmente os acontecimentos. Não podia acreditar na isenção, na neutralidade, no paradigma do espelho, cuja crença era de que o jornalismo refletia a realidade. Seus chefes diziam que ela precisava ser objetiva, mas Berenice insistia na subjetividade, na inferência, nos clichês que a estabilizavam diante de um mundo cujas leituras eram tão perturbadoras.

E Pastoriza era muito perturbador. Aquele texto a inquietava, desesperava, reconstruía seus próprios clichês e lágrimas. Era uma crônica escrita para ela, com as digitais dela, a história dela. As quatro letras do apelido, a colcha roubada, as garrafas vazias. Pormenores que só ela poderia conhecer. Só ela poderia (re)conhecer.

Já Nicole, a outra leitora, tinha formação e informação diferentes. Nos tempos em que frequentava o curso de nutrição no interior de Minas, o jornal parecia um desperdício de tempo. Não só o jornal, mas qualquer tipo de texto, impresso ou manuscrito, amador ou profissional. A única leitura possível eram as fotocópias dos compêndios de bioquímica, traficados pelos veteranos da faculdade. E se a obrigação acadêmica já era um estorvo, qualquer outra letrinha no papel tornava-se uma tortura. Nunca tivera prazer em ler coisa alguma. Simples assim. Ponto final, fecha parágrafo e vamos direto pra internet, pra TV a cabo ou pro salão fazer as unhas.

O que mudava naquela tarde outonal não era o repentino despertar para a literatura. Muito menos o reconhecimento de um talento extraordinário na crônica de Pastoriza, ou, quem sabe, uma visão mediúnica desencoberta pela palavra. Não, nada disso. Nicole tinha motivos pessoais para abrir o jornal na página sete. Aquele texto fora escrito para ela, sobre ela, dedicado a ela. Estava ali, em cada letra, cada frase, cada espaço entre as frases, que só ela podia preencher. A crônica era dela.

Toda leitora é sentimental. Toda leitora é cândida. Toda leitora tem razão.

toda

leitora

tem

razão.

traição,

dor

e

vingança

A dor organiza o corpo. A reação àquilo que dói é estabilizadora, fornece limites, determina fronteiras, permite a recomposição. A dor da fome orienta a busca pelo alimento. Uma pequena dor na garganta dá sinais sobre infecções. A dor nas pernas mostra o cansaço. Toda nevralgia é premonitória. Esse é seu objetivo.

Ao mesmo tempo, a dor é sempre percebida como externa. Se o estômago dói, a culpa é do alimento gorduroso. Se me queixo de um músculo, a culpa é da ginástica. Se a enxaqueca aparece, a culpa é da vizinha chata que deixou o som no volume mais alto. Mas a quem culpar pela dor da angústia?

Raquel tinha a resposta decorada: Marcus era o culpado. Não percebia que a angústia só podia ter origens internas, produzidas por ela mesma e não pelo ex-namorado, embora dependesse disso para planejar sua vingança.

Quando a ficha caiu, levou junto o projeto vingativo, mas iniciou uma nova dor, ainda mais intensa: a reelaboração da própria história.

Lembrava-se das leituras de Melaine Klein e Nasio, para quem o recomeço tinha uma motivação evidente: ao fazer do insuportável algo com que temos de conviver, nós começamos a viver. Para Klein, tudo o que vinha de fora seria, antes de tudo, objeto de ódio. Só depois, quando fosse internalizado, se transformaria em objeto de amor. Usava o ato de aprender como exemplo: primeiramente, odiamos aquilo que não entendemos, mas, logo que aprendemos, passamos a amar.

Quando o namorado a trocou pela melhor amiga, Raquel chegou ao ponto máximo de dor que podia suportar. Mas o imponderável aconteceria meses depois, ao encontrar o casal numa festa.

Oi, branquinha. Tudo bem contigo? Ele a chamara pelo apelido de infância, que só eles conheciam. E na frente da nova namorada! Como podia odiar aquele homem?

Na semana seguinte ele telefonou. Nada demais. Apenas uma gentileza, uma conversa ingênua de menos de um minuto. *Tudo bem? Tudo, e você? Tudo indo. Que bom que você ligou. Que é isso? Eu gostei. Também gostei. Que bom. Se precisar de qualquer coisa, conta comigo. Valeu. Beijo. Beijo.*

Na terceira semana, nova ligação. E depois outra. E outra. E outra. Até que se tornaram diárias, sempre nos horários em que a nova namorada não estava por perto. As conversas foram ficando mais demoradas. Falavam da faculdade, da família, do mundo. Só não falavam deles, mas não importava, pois sabiam que quando falavam da faculdade, da família e do mundo, na verdade falavam deles. Nada existia sem eles.

Aos poucos, substituíram os eufemismos e as metáforas por frases mais diretas. O passado surgiu límpido no discurso. Lembraram-se do chocolate no jardim de infância, das corridas pelo pátio, das férias na casa de praia, dos amigos da escola, das festas na adolescência. Riram. Riram muito. Gargalharam. Perderam o ar de tanto rir. Mas nunca falaram tão sério. Marcaram um encontro.

O primeiro foi na faculdade. Um dia calmo, entre dois feriados. A nova namorada estava viajando, assim como a maioria dos alunos. Raquel e Marcus passearam pelo campus quase vazio, observando os professores sem trabalho, os laboratórios desertos e a biblioteca em meio expediente, embora fosse um dia normal de aula. Não assistiram a nenhuma disciplina. Apenas visitaram memórias. Memórias lúdicas, porque só o prazer devia ser lembrado. Assim, fugiam da nostalgia e das inevitáveis lições que vêm com ela. Não queriam nada disso. Nada de reviver conflitos ou situações mal resolvidas. Não estavam ali para aprender. A sabedoria era uma lanterna que só servia para iluminar o caminho de trás, como dizia um poeta cujo nome tinham esquecido.

Não houve beijo no primeiro (re)encontro. Nem no segundo, nem no terceiro, nem no quarto (sem trocadilhos). Só se tornaram amantes após dois meses de encontros furtivos, como dois adolescentes. Era uma situação inédita para ambos. Não tinham o cacoete dos infiéis. Nada de cartas, telefonemas na madrugada, batom no colarinho ou ciúmes extemporâneos. O pouco tempo de que dispunham servia somente para aproveitar o pouco tempo de que dispunham. O que nem era tão pouco assim, considerando que se encontravam pelo menos duas vezes por semana.

Por que ele não terminava com a nova namorada e voltava pra ela? Não fizeram essa pergunta. Apenas seguiram em frente, sem compromisso, sem angústia. Tampouco haviam esquecido a dor causada pela separação e por todo o resto. Não se tratava de esquecê-la, mas de (re)emoldurá-la e deixá-la na parede. Entendiam perfeitamente sua função.

Durante muito tempo, os amantes pautaram suas vidas pelos encontros escondidos. Todos os compromissos, aulas e demais atividades cotidianas eram definidos a partir dos horários que compartilhavam.

Formavam um casal perfeito. Sem brigas, sem mágoas, sem rancores.

A dor significava estabilidade.

a dor significava estabilidade.

flores

de

plástico

Por que ele não disse?

Nos anos seguintes, após a separação, a pergunta a torturou todos os dias. Bastava dizer uma vez, uma única e efêmera vez. Não precisava repetir. Ela se acostumara à redundância, amava as repetições, mas abriria uma exceção para aquela frase, a frase, com sinal luminoso, faísca de neon, letreiro de boate, anúncio de motel.

A frase que não veio.

Olhou para o vaso de flores artificiais perto da mesa de mixagem. O frio do estúdio a obrigava a usar roupas de inverno independentemente da estação. Assim como as flores, de plástico, geladas e permanentes, no aquário da rádio onde trabalhava. Um contraste com o mundo lá fora, em transformação, cujas notícias chegavam na velocidade randômica da internet.

Lugar de repórter é na rua. Ali, na sua prisão de vidro, tinha apenas o relato mediado (ou mediatizado) da realidade. Realidade que ela mesma trataria de remediatizar para os ouvintes da rádio, que, mesmo assim, se achariam bem informados. E, entre uma notícia e outra, a pergunta voltava.

Por que ele não disse?

No dia dos namorados, quase ouviu o que queria. Passara a semana inteira preparando uma surpresa artesanal, feita à mão, delicadamente construída, como se fosse artista de barracão no desfile do Salgueiro. Ficara orgulhosa de sua costura hábil, engenhosa. Estava confiante, animada, a autoestima firme, os sonhos abotoados na criatividade.

Não gostava de efemérides. Ou fingia não gostar. Isso nos primeiros meses, quando ainda prevalecia o teatro dos amantes. Depois, assumira suas vontades prosaicas, seu jeito mulherzinha, alcunha pela qual identificava as amigas menos intelectualizadas. Que mal havia em comemorar? *Os intelectuais também amam, caros ouvintes.*

Ele a levou para jantar no restaurante da livraria.

Pausa.

Mais uma pausa.

Respirou.

\o/

A mulherzinha faria um alongamento indiano. A intelectual colocaria os óculos. A repórter perguntaria pelas flores.

Ela fez as três coisas (ou quase).

Nova pausa.

Tirou os óculos e o beijou.

A mesa ficava em frente à prateleira de semiologia. Podia mandar o Saussure à merda. E também o Jakobson. E o Vanoye. E o Bakhtin. E todos os outros que não lhe serviram de nada na faculdade. Gostava mesmo é de crônicas sentimentais. E dele, é claro.

Sem óculos, sem flores e devidamente alongada, ela estendeu o beijo pela noite. Agarrou-o pela nuca, puxando os fios curtos, entrelaçando-se na cabeleira a caminho do cinza-escuro. Com a outra mão, apertou-lhe o sexo duro, úmido, fugindo pelo zíper. A perna direita escorregou por baixo da mesa para servir de apoio, enquanto os movimentos giratórios do pulso se alternavam com a velocidade intermitente dos dedos, deslizando de baixo pra cima e de cima pra baixo, no ritmo dos espasmos ligeiramente contidos para não chamar a atenção.

Pediram o *fondue* de queijo (deslizando pelas bordas), beberam o vinho possível, falaram alto. Repetiram o ritual das mãos, pernas, línguas e zíperes. Beberam mais vinho. Conversaram sobre o tempo, a arte, o mar, a sessão da tarde, os seres humanos. Riram, brincaram, incomodaram os intelectuais das mesas vizinhas. Novo ritual. Mais vinho. E foram pra casa.

Dela.

O presente artesanal foi entregue. Continuaram a rir. Um riso diferente, sem a volúpia do restaurante. Ele examinou os detalhes, conferiu a textura, sentiu o perfume do embrulho. Abriu com paciência, tentando imaginar o conteúdo. Não conseguiu. A surpresa o deixou atônito, em suspensão. Teve que apertar os olhos para se conter.

— Preciso dizer que...

Ela não deixou que falasse. Jogou-o na cama, apagou a luz e tirou cada peça de roupa, vagarosamente, até recuperarem o clima do restaurante. Tinham tempo. Qualquer que fosse a frase, poderia ser dita depois.

Poderia. Não foi.

As frases não ditas são eternas.

(Como as flores de plástico do estúdio.)

as frases não ditas são eternas.

(como as flores de plástico do estúdio.)

espelho, espelho

meu

Já tentou imaginar o mundo sem você? Isso mesmo: sem a sua existência. Tudo está lá: seus pais, seus amigos, sua casa, seus móveis, suas calcinhas, seu creme antirrugas, sua gilete no chuveiro. Só que nada disso é seu, porque você não existe. Mas se você não existe, como consegue imaginar? Hein? Diz aí? Como é que se pensa sem existir? Qual é a consciência fora da consciência de si? Isso dá um nó na cabeça, né não? Reduz a gente a nada. *Rien*, *nothing*, neca de pitibiriba. E esse negócio de *Big Bang*? Os cientistas dizem que o mundo surgiu aí, numa imensa explosão que deu origem ao universo. Mas o que havia antes? A pergunta simplesmente não faz sentido, dizem esses mesmos cientistas com cara de espanador e telescópio nos olhos, já que o tempo só começou nesse exato momento.

Tudo bem, a gente não entende, mas aceita. Dá então pra dizer onde foi essa explosão? Não, não dá. Por quê? Porque o espaço também surgiu no mesmo instante, ou seja, ocorreu em todos os lugares ao mesmo tempo. Assim fica difícil! Não, na verdade é muito fácil: tudo estava concentrado num único ponto e passou a se expandir a partir da explosão. É isso: não foi explosão, foi expansão.

— Fácil pra quem, cara-pálida? Essa explicação confunde mais do que explica. Tá se achando uma especialista em física nuclear? — perguntou a imagem no espelho, nua, ainda molhada, como se fosse sua irmã gêmea.

— Você é uma ignorante. Quem estuda isso são os astrônomos, imbecil! Não os físicos — respondeu a mulher fora do espelho.

— Não me xinga não! Vai ficar se ofendendo? Não tá vendo que isso é autoflagelo?

— Esse vocabulário não combina contigo. Desde quando você é racional?

— Desde que você começou a vacilar, queridinha. A coisa tava indo muito bem. Tudo planejado, certinho, sem furo. Até que você ficou gamada nesse professorzinho. Vai botar tudo a perder? Já esqueceu o que a gente passou pra chegar aqui? Ele não vale a pena. Já te deu um pé na bunda antes de te conhecer.

— Você não sabe nada sobre ele.

— Claro que sei. Eu estava lá. Vi aquele rostinho bonito e indeciso. Também vi as malas prontas, os livros na caixa, o papelão na estante. E ouvi o que ele disse: *hasta la vista!* Só não falou *baby* porque nunca assistiu a *O exterminador do futuro*. Eu vi, ouvi e senti. Eu estava lá, baby!

— Não era você que estava lá. Era eu.

O espelho ficou embaçado e a imagem ameaçou desaparecer. Deixara a torneira de água quente aberta, permitindo que a fumaça tomasse conta do banheiro. Mesmo assim, não conseguiu se livrar daquela companhia incômoda, já que a voz continuava a reverberar pelos azulejos.

— Sua otária! Morrendo de amores por um cara que vai embora. Que não dá a mínima pra você.

— Quem disse que ele não dá a mínima?

— E precisa dizer? Ele vai embora! Tá vazando, queridinha! Vai te deixar na mão, abandonada, sozinha.

— Isso é medo, só pode ser. Ele tem medo. Eu sinto.

Fechou a torneira. Quando o vapor se dissipou, dividia a pasta de dentes com a imagem no espelho. A escova percorria os dentes caninos, mas não dava pra saber qual era o lado da boca. A espuma branca escorria pelos cantos, como se fosse uma sessão de exorcismo.

O teto de gesso ainda estava úmido. Pequenas gotas intermitentes caíam no chão, o que deixava o piso escorregadio. Ao se afastar da pia com violência, levou um tombo e abriu o supercílio. A imagem no espelho dava gargalhadas, enquanto ela tentava conter o choro e se recompor. Não podia vê-la, mas a ouvia com nitidez. Apoiou-se na privada, usou a toalha pendurada para se levantar e voltou a encará-la.

— Você é louca!

— E o que você entende de loucura?

— Convivo com você, não convivo?

A imagem no espelho abriu um sorriso. Pegou o creme no armário e o dividiu com ela, fraternalmente. O sangue no supercílio começava a coagular.

— Amigas?

— Amigas.

amigas? amigas.

a interpretação dos sonhos

Crônica não é conto de fadas. Ninguém encontra o teu sapato, minha querida leitora. Na melhor das hipóteses, fique satisfeita com um paletó por cima dos ombros. O tintureiro no dia seguinte. Um belo café no sábado de manhã.

Afinal, quem precisa de fadas?

O paletó é muito melhor do que o sapato. Pense bem! Pés descalços ou o frio nas costas? Capa e espada ou terno e gravata? Cara de anjo ou barba de homem? Essa história de príncipe encantado foi criada pra confundir os hormônios femininos. Basta lembrar de um simples detalhe: o sujeito veste um *collant* apertado com shortinho *balonê*. Entendeu? Shortinho *balonê*, minha querida! Que é isso? Onde está a credibilidade?

Você desfilaria pela avenida Rio Branco com alguém assim? Sairia pra jantar no Garcia & Rodrigues? Tomaria um chope no Cervantes? E a galera da Merza, o que diria? Tudo bem, você não vai mais a São Paulo. Pânico de avião, preguiça da rodovia. Então, imagine. Apenas imagine aquela mesa lateral, perto do balcão, cheia de marias-teclado falando do shortinho *balonê*. Sim, elas gostam. É verdade. Até já babaram naquele menino de um metro e sessenta. (Ele é carioca.) Eu sei, não importa. (Tem barba.) Claro, é pra compensar. A altura e o shortinho. E, de vez em quando, o casaco estiloso, comprado no Shopping Leblon. Volte para o paletó, minha querida. Esqueça o resto. Principalmente os sapatos.

Agora, ouça o despertador.

Ela acordou cedo. O sonho ainda estava quente, real. Shortinho, sapato, paletó, príncipe. Uma névoa de pensamentos sem sentido. O enredo surrealista. Um filme de David Lynch. Se tivesse lido Freud, talvez pudesse interpretar aquelas ideias fora de lugar. Lembraria do deslocamento, um conceito vago, pilar do pensamento freudiano sobre os sonhos. A via régia para o inconsciente. A forma mais eficaz de acesso a seus recalques, suas angústias. *Meio pretensioso, né?* Ou não.

— Que pena, não sou psicanalista — pensou, em voz alta, os olhos ainda se acostumando com a luz que entrava pela janela.

— Todos somos. Os jornalistas mais, os psicólogos, menos — respondeu o psicanalista, em pé, na frente da cama, segurando a bandeja com o café da manhã.

Por algum motivo desconhecido (ou recalcado), ela vestia apenas uma camisa listrada de manga comprida, sem os três botões de cima, que pareciam ter sido arrancados com violência, deixando fiapos de linha em seu lugar. Acomodou-se no meio da cama, sentada, pernas cruzadas em flor de lótus, as pontas da camisa cobrindo a parte interna das coxas. Na bandeja, havia apenas um café preto, duas torradas com as bordas enegrecidas, manteiga, geleia de uva e um suco de caixinha, daqueles com mistura de sabores.

— Minha torradeira é velha. A casca sempre fica assim: completamente queimada. Vou cortar pra você.

— Não precisa. Tá ótimo. Adoro pão bem passado — ela disse, ajeitando as mangas.

— Pelo menos a geleia é muito boa. Francesa. Foi presente de uma psicanalista de Bordeaux. Ela e o marido têm um vinhedo e também produzem essa geleia maravilhosa.

— Geleia e psicanálise. Boa redundância. Eu me interesso pelas duas.

— Tá querendo mudar de profissão? — perguntou o psicanalista.

— Não. Só tentava entender o sonho que tive. Queria saber o que vai me acontecer.

— Nesse caso, recomendo uma cartomante. A psicanálise não vai te ajudar muito.

Então, o cara tinha bom humor! Quantos pontos você ganhou com aquela resposta, meu amor!? Foi-se o psicanalista arrogante e voltou o homem elegante. Até dessa rima pobre nós fizemos piada. E do sonho. E da cartomante. E da psicanálise. E da torrada queimada. E da geleia francesa. E da sua colega de Bordeaux. E da minha paixão, que estava começando.

Ali, você aprendeu a receita. Nos anos seguintes, bastou manter a sagacidade. Você relevou meus gritos, minhas crises, minhas inseguranças. Sempre com uma palavra espirituosa, um comentário jocoso que me desarmava. Não precisou mostrar erudição ou aplicar suas técnicas do divã. Ou será que aplicou?

Não importa. Cada dia mais apaixonada, eu me recusei a ver defeitos. Só queria enxergar o ideal de homem que você encarnava. Culto, moderno, másculo, charmoso e, acima de tudo, bem-humorado.

— Ele não pode ser tão perfeito — diziam minhas amigas casadas, há muito mais tempo no mercado.

— Vocês não o conhecem como eu — respondia, acendendo a vela pro teu altar.

Acendi velas pro teu altar todos os dias.

Com você, nunca houve uma frase feita, uma repetição, uma rotina. Exceto as que faziam parte de nossos clichês, esses sempre cuidadosamente repetidos, até a exaustão, que era a nossa forma de não ser repetitivo, não ser rotineiro, não cair no sofá com o controle remoto nos dedos.

Você tinha o insensato dom da originalidade. Você me surpreendia. Não mandava rosas, preferia margaridas, lírios e outras flores de nomes desconhecidos. Não escrevia cartas de amor, desenhava. Não comprava joias, esculpia meus anéis.

E quando eu disse que te amava, você não respondeu com o fatídico *eu também*.

Ponto pra você. Arrependimento pra mim.

ponto **arrependimento**

pra você. **pra mim.**

terapia de casal

segunda sessão

Todo encontro é também despedida. Claro que entendi, doutora. Sou neurótica, mas não sou ignorante. Você tá me dizendo que tudo que começa um dia acaba. Mas quando acaba? A gente já acabou, Carlinho? Fala, Carlinho! Não pode ter acabado, senão, por que estaríamos aqui? Terapia de casal é pra juntar o casal, não pra separá-lo. Não é isso, doutora?

Como não sabe? Depende do quê? De mim é que não pode ser. Vim aqui por causa dele. Por mim, já estaríamos em lua de mel pela Europa, alimentando os pombos na praça de São Marcus, subindo no Arco do Triunfo, comendo pastéis de nata no Mosteiro dos Jerônimos. Tudo bem, vou confessar: não estamos juntos há dez anos. É muito menos. Só que parecem dez anos de verdade. Conheço cada detalhe do Carlinho, cada cheiro, cada passo, cada gosto, cada riso, cada espirro, cada camisa, cada botão de cada camisa.

Ele também me conhece. Não é, Carlinho? Conta pra ela! Eu sou a Olga, doutora. Não tenho mistérios. Sou transparente, limpa, uma mulher sem segredos. Toda mulher tem segredos, eu sei. Mas os meus não escondem nada. São besteiras sem importância.

Nunca traí nenhum namorado. Talvez em pensamento, mas isso não conta, né? Eu até dou aquelas olhadas pros homens bonitos, bem-vestidos, como todas fazem. Mas fica por aí. Jamais quis entrar em aventuras passageiras. Esse negócio de beijo escondido e motel na Barra não me seduz. Ou será que seduz? Tá fugindo do assunto, doutora. Por que me fez essa pergunta?

Não quero me separar. Tenho certeza. O Carlinho também não. Não é, Carlinho? Sei: você acha que não seria separação porque não estamos mais juntos. Isso é mentira. Claro que estamos juntos. Não estamos casados, mas somos um casal. Posso não ter um papel, mas me sinto casada. Nós nos sentimos casados.

O Carlinho não fala muito, mas sei o que sente. Nas noites de sábado, depois que ele enche a cara de cerveja e deita no sofá, fico observando o modo como respira fundo, puxando o ar com força, formando um ronco áspero, torto. Naquele ronco vejo todos os problemas que ele carrega, tudo que precisa suportar, tudo que tem de aguentar. É um ronco de libertação, doutora. Ao expirar, a angústia vai embora. O mundo vai embora. E eu estou lá, pra velar o sono e ver o mundo passar. O Carlinho sabe disso.

O dia dele é uma pedreira, uma luta sem fim. Sempre trabalhou pelos outros, pensando nos outros, no coletivo. Nunca fez nada pra ele mesmo, em proveito próprio. Carlinho é um herói, doutora. Sempre foi. Desde a adolescência. Foi líder estudantil, enfrentou a ditadura, montou uma coluna militar, encarou a tortura, cuspiu nos traidores. Um herói, doutora.

Hoje, vive esquecido. Só eu dou o valor que ele merece. A sociedade já o esqueceu. Os amigos o esqueceram. A família também. Quem disse que ele não tem idade pra ter lutado contra a ditadura? Conta pra ela, Carlinho! Essas coisas enganam, doutora. A tortura deixa marcas. Algumas pessoas envelhecem rápido, outras parecem mais novas. É por causa do eletrochoque. Aquilo acaba com os neurônios, deixa a pele lisinha. Tem m uita mulher que toma choque hoje em dia só pra ficar com cara de menina. Sabia disso? Essas peruas não têm noção!

O Carlinho é frágil, precisa de proteção. Já reparou como ele é baixinho? Claro que é, olha bem! Não posso deixar que cheguem muito perto dele.

Não é seguro. E se levar um esbarrão no meio da rua? Ou uma fechada no trânsito? Já pensou se o motorista sai do carro com uma arma? Não tô te chamando de fraco, Carlinho. Desculpa. Quando disse que você era um frangote, estava nervosa. Foi sem querer. É que eu não aguento essa tua indecisão. A pior palavra do mundo é o "talvez", doutora. O "talvez" aprisiona a gente no desejo do outro. Tenho que ficar esperando que ele se decida pra continuar com a minha vida. É um horror!

Olha pra minha unha, doutora. Estou horrível! Não tive tempo de passar na manicure. Nem no cabeleireiro. Na semana passada, a menina do salão me disse: Olga, esse teu cabelo parece uma esponja de banheira. Fiquei arrasada. Mas o que eu podia fazer? Não dava tempo pra uma escova completa. Tinha que pegar o terno do Carlinho no tintureiro. No sábado, a gente tem um casamento. Vai ser um inferno. Todo mundo perguntando: quando vai chegar a vez de vocês? Tão ficando velhos! Vai ficar pra titia, Olga? São uns invejosos!

Não, o Carlinho não foi meu segundo namorado. Nem o terceiro, nem o quarto, nem o quinto. Vai ser muito cafona se eu falar que foi o único, mas é isso mesmo. Sinto como se fosse o único, o único pelo qual vale a pena estar aqui, neste consultório escuro, contando a minha vida.

Por que querem tirá-lo de mim, doutora? Por quê?

o único pelo qual

vale a pena estar aqui,

neste consultório escuro, **contando minha vida.**

o acaso vai

te levar

à festa

Ao volante de seu Fiat Weekend bege, a menina encosta na guarita do condomínio. Ela para na entrada de visitantes, mas não consegue falar com o segurança. Ao seu lado, o motorista do Audi preto parado na entrada de moradores, que fica mais próxima da cabine, monopoliza a conversa, colocando-se entre ela e o guarda. Ele também está de visita, mas executa a manobra a fim de evitar a fila que se aglomera na outra parte. E quando repara na vã tentativa de comunicação da menina, se oferece para ser o mediador.

— Qual é seu nome? — pergunta, antes de dirigir-se para o homem de quepe preto com uma relação de convidados na mão.

Ouve a resposta com prazer, tenta disfarçar, confere o papel novamente, verifica que ela é convidada e levanta o tom de voz para que todos ouçam.

— Se tá na lista, tá comigo — diz, virando o pescoço lentamente para a moça de olhos rasgados cuja surpresa só perde para a curiosidade sobre o sujeito que esboça um ar sedutor meio sem jeito, canastrão. Ele continua:

— Pode me seguir, que eu sei onde é a festa!

A menina não hesita diante da certeza do interlocutor. Deixa a cancela pra trás, ultrapassa duas ruas e entra na terceira à esquerda, na cola de seu guia. Ambos estacionam o carro em frente à casa branca com luzes de boate e o som bombando nas carrapetas do DJ.

Saem dos veículos rapidamente. O rapaz a cumprimenta com dois beijos na face rosada, passa o braço sobre a cintura magra e proporcional ao corpo esguio, repara nos lábios em forma de maçã e destila sua conclusão triunfal:

— Você deve ser convidada do Ricardo. Eu também estou promovendo a festa. Pode entrar!!!

A menina abre um sorriso discreto, que logo se transforma em uma risada de claque americana, estilo Fafá de Belém. Ela fixa o olhar no rosto do rapaz, entrelaça a mão esquerda levemente suada no pescoço dele e solta sua simpatia juvenil.

— Que Ricardo, que nada! Eu vim pra festa da Martinha, não pra sua. Nem sei do que você está falando.

O rapaz acompanha a gargalhada da moça. Fica ruborizado com o erro, mas enxerga além da coincidência.

Estão na mesma sintonia. Ele repara nas canelas finas e nas coxas quase descobertas que levam ao ventre úmido de sua futura mulher. Ela percebe o olhar vigoroso e o leve desvio de septo na expressão admirada do futuro marido. Durante a noite, preenchem as artérias etílicas da solidão e se embriagam de uma esbórnia que promete ser infinita.

Se você, caro leitor ou leitora, se reconhece nessa história, preste atenção! Seja detalhista! Olhe para todos os lados! Relativize seus dogmas! Refaça suas interpretações! Fuja dos estereótipos! Evite os julgamentos! Agarre as oportunidades! E, sobretudo, tome bastante cuidado!

O acaso pode levá-lo à festa errada. Mas isso só vai acontecer se você tiver muita sorte.

mas isso só vai

acontecer

se você

tiver muita sorte.

fragmentos

do

medo

O avião decola.

Turbulência.

No ar, rarefeito, umidade a 20%, lábios secos, poltronas em camisa de força, joelhos na coluna, barras de cereal. A ruiva mastiga o amendoim com guaraná servido pelo comissário, pega o folheto plastificado, lê as instruções de emergência. Em caso de despressurização, máscaras de oxigênio cairão automaticamente. Há seis portas laterais que se transformam em botes infláveis. Sua segurança é muito importante para nós. Luzes vermelhas acenderão para indicar o caminho. Mantenha a calma.

— É normal — ela diz.

— O quê?

— Esse vento lateral que faz a nave balançar. Quando passarmos pela nuvem, tudo se estabiliza.

— Tudo?

A ruiva não responde. Parece mais humana, tolerante, solícita. Mas é apenas uma ilusão. O mesmo desprezo emana das frases aparentemente cordiais. Habitamos locais diferentes: eu viajo de avião, ela está em uma nave. Engole os amendoins da nave. Lê as instruções da nave. Navega.

Eu voo.

E tenho medo...

Queria que você estivesse aqui. A mão apertando minha perna, a cabeça no ombro, o pânico estabilizado pela voz. Tudo se estabiliza! Pergunte à ruiva. Ela sabe navegar.

— O que sobrou?

— Do quê?

— Não é do quê. É de quem.

— O que de quem? — murmuro, pequeno, ainda mais encolhido que as pernas do jogador de basquete na poltrona da frente.

— O que sobrou de você? O que sobrou dela? O que sobrou dela em você?

— Não sei.

A ruiva continua a mastigar o amendoim. Na fileira de trás, duas madames de *vison* reclamam do barulho do saquinho. Ela mastiga com mais força e bebe o guaraná na sucção do canudo, aumentando o ruído. Dispara o olhar vermelho contra as senhorinhas. Em seguida, contra mim. Agora, menos ameaçadora:

— Tente outra vez.

— Por quê?

— Não é pra isso que estamos aqui?

— Acho que sim.

— Então diga: o que sobrou?

— Resíduos.

— Conte-os. Um por um. Não precisa juntar. Apenas conte... os resíduos.

Resíduos do medo.

O medo de não te ver nunca mais.

o medo

de não

te ver

nunca mais.

com

medo

dos

fragmentos

O avião pousa.

Fragmentos de borracha na pista indicam o caminho. Amortecedores tocam a roda, túneis de vento sopram o nariz, pedaços da asa se levantam. O reverso do motor é imprescindível para a boa aterrissagem.

Enquanto vai taxiando pelo aeroporto, o comandante lê a saudação em três idiomas. *Tempo bom a nublado, sujeito a chuvas no final do período. Temperatura amena. Previsão de estabilidade. Sabemos que sua viagem é uma escolha pessoal. Muito obrigado por escolher a nossa companhia.*

Agradeça à ruiva, comandante.

Pela janela, as luzes da cidade se parecem com as de todas as cidades. Não são. Não é. Não será. Estamos na cidade. A cidade.

— Quantas vezes você esteve aqui? — ela pergunta.

— Não é a primeira vez.

— Nem a última — diz a ruiva, com o mapa nas mãos.

Estou cansado. Queria poder voltar. São muitos compromissos, muitas explicações, muitas horas de voo. E de estrada. Mas a gota de orvalho no cristal me diz que logo chegaremos ao fim.

A gota funciona como lente de aumento para a cidade. Uma cidade ao fundo, ampliada, singular, embriagante. A cidade e as luzes. A ruiva não sairá do lugar que vê através da gota. Não vai perder essa luz.

— Já estamos na terceira escala. Quando vamos parar? — pergunto, ansioso.

— Não é a terceira, é a oitava – ela responde.

Diante de mim, a cidade: a oitava e única cidade.

Ao passar pela alfândega, a ruiva aponta meus sapatos. Tenho que ficar descalço para ser revistado. Sou um dos muitos suspeitos, mas não sabem que sou culpado. Os agentes conferem o passaporte (pela oitava vez) com a desconfiança tradicional, sem perceber meu semblante criminoso. Fazem apenas o serviço rotineiro, de praxe. São muito ingênuos.

Minha vontade é confessar. Dizer em voz alta que não mereço entrar na cidade, que não tenho dignidade, que perdi os sapatos e que ela está longe daqui, longe de mim. Preciso confessar que ela me deixou.

— Qual foi o motivo?

A pergunta da ruiva interrompe a expiação da culpa. Achei que já tivesse contado essa história, lá atrás, no começo da viagem. *Não contou.* Não contei? E o que venho fazendo, então?

Saímos em direção ao estacionamento do aeroporto. A ruiva na frente, com a bagagem de mão. As malas pesadas estão comigo, no carrinho tortuoso, com rodas de skate enferrujadas, sem qualquer possibilidade de ser conduzido. Tento pisar na traseira do chassi para fazer o alinhamento, mas acabo derrubando tudo.

De joelhos, recolho as roupas que caíram e se espalharam pelo saguão. Um par de sapatos surge na minha frente. Tem salto agulha, 15 centímetros, e panturrilhas bem contraídas habitando o tecido fino, importado. Olho para cima. As pernas ainda mais fortes, igualmente lindas e onduladas, interrompidas pela saia de algodão que é parte do *tailleur* azul. Ela me repreende:

— Por que não seguiu meus conselhos?

— Você desapareceu — respondo, ainda no chão, meus olhos em *contraplongée*.

— Não importa. Fui bem clara contigo. Bastava contar a história.

— Achei que não estavam interessados.

— Então continue achando — ela diz, e sai, com passos curtos, sincronizados.

Os sapatos se movimentam com precisão. Há uma cadência elegante no salto agulha. Ela se distancia de mim até se confundir com os outros passageiros e se perder na mistura de etnias do aeroporto.

Quando termino de recolher as roupas, quem aparece é a ruiva.

— O que houve?

— Ela voltou.

— Quem?

— Ela.

— Claro, só podia ser. E o que ela disse?

Não respondo. Não é sobre as panturrilhas elásticas que quero falar. Meu assunto ainda é o medo.

O medo de não te ver nunca mais.

o medo de não te ver

nunca mais.

o "talvez"

é a pior

das

prisões

A dúvida sempre foi sua única certeza. Em tudo, em todos os momentos, em qualquer lugar. Uma onipresente companheira. Um fardo, uma cruz, uma sombra. Todas as representações e metáforas juntas, em um nítido e claro conluio contra ela. Uma tormenta constante, impedindo-a de tomar decisões.

Na dúvida, dizia "não sei". Ou, então, "talvez". Ou "pode ser". Ou "é"!? Simplesmente "é"!? Aquele "é" de quem nem diz que sim, nem que não! Apenas concorda, sem querer concordar ou discordar. Um "é" sem muita força e nenhuma convicção. Muito usado para responder ao convite da amiga do salão de beleza: "aparece lá em casa, querida!". "É", diz, em alto e bom som. E tenta não levar em conta o fato de que ela não lhe deu o endereço. Talvez, deva telefonar. Até as claras intenções ou a falta delas a deixavam em dúvida. "Sei lá, viu?!" Para dizer a verdade, não estava muito certa sobre a melhor representação da dúvida. Qual a melhor palavra para defini-la? Talvez seja melhor usar uma expressão? É, pode ser.

Cartesiana típica, escolher nunca fora seu forte. Chupetas, bonecas, sutiãs, namorados, maridos. Uma cronologia de escolhas que revelava o fracasso completo de suas decisões. (Se é que foram tomadas, porque sempre teve quem escolhesse por ela, aliviando seu fardo e sua incompetência.) Embora desde cedo a mãe tenha tentado torná-la menos indecisa, amarrando duas chupetas de cores diferentes em seu pescoço, para que elegesse uma. Entre a rosa e a vermelha, ficava com as duas, e teve como resultado a boca torta e o tratamento ortodôntico para corrigir os excessos de tamanha indecisão.

Os maridos sempre a censuraram por causa das dúvidas. Todos os quatro. Ou melhor, cinco ? Não, quatro, porque um não chegou a assinar a papelada. Desistiu dela antes da cerimônia, influenciado pela leitura de seu diário, que relatava alguns casos que tivera. Um grande idiota esse quase marido. Não conseguiu separar ficção de realidade no diário de uma mulher indecisa. E o sujeito era chegado a extremos. Gostava de palavras fortes e certeiras, enquanto o campo semântico dela restringia-se a um "talvez" aqui, um "quem sabe" ali, ou um "pode ser" acolá. Mas gostava dele.

Ele era jornalista. E se orgulhava disso. Trabalhava em um grande jornal carioca, e fazia questão de ostentar seu crachá. Estava sempre certo de tudo. "Precisão, minha cara, precisão. Jornalismo é precisão. Trabalhamos com fatos, com dados concretos." Tinha uma autoconfiança invejável. Sabia o que queria e o que não queria. Sempre verificava suas informações e não admitia um único erro. Em quase dois anos de namoro, nunca o viu hesitar. Até na hora de dar um chute na bunda ele foi simples e objetivo. "Já apurei tudo. Os fatos estão documentados e depõem contra você. Amanhã passo no apartamento e pego o resto das minhas coisas. Tchau."

Sem saber, ele foi a última pessoa a fazer uma escolha por ela. A partir daquele momento seria exatamente como seu quase marido. O cara tinha o antídoto, a fórmula mágica, o elixir. Aquela era a profissão que queria seguir. Seus dias de indecisão estavam contados.

Ou não.

seus dias

de indecisão

estavam

contados.

ou não.

amores

brutos

Ela o amava apesar da fama. Péssima fama. O traficante mais procurado da cidade. Para a polícia, um monstro. Para o Estado, um inimigo. Para ela, "o" homem, com artigo muito bem definido. Estava disposta a recuperá-lo de qualquer forma. Jamais aceitaria a separação.

A entrada principal do Morro estava vigiada por quatro meninos de 12 a 14 anos de idade, munidos de *walkie-talkies* e celulares. Não portavam armas, nem precisavam. Todos sabiam que eram os olheiros do tráfico, primeiro grau na hierarquia do bando, assim como os vapores, que entregavam drogas em domicílio. Enquanto observavam a movimentação em busca de qualquer suspeito que pudesse ser policial, exibiam com orgulho a condição de integrantes da firma, como era chamado o negócio criminoso na favela.

Um deles estranhou a presença da menina loira, de olhos verdes, que se aproximava. Com certeza, não era da comunidade, mas achava que a conhecia de algum lugar. Ela mancava e trazia o braço direito apoiado numa tipoia improvisada. Os dois cruzaram olhares. Mesmo assim, ele não conseguiu saber quem era, muito menos o que fazia no local. Ela caminhou na direção do menino e puxou conversa.

— Tu é olheiro?

— Coé, dona? Tá me estranhando?

— Fala pro chefe do morro que eu quero conversar com ele.

— E tu é quem?

— Diz pra ele que sou eu.

O moleque finalmente reconheceu a menina. Só não entendeu como ela tinha chegado ali. No morro, diziam que tinha levado um tiro e agora estava com a polícia. Achou estranho, mas passou um rádio para o soldado do tráfico que fazia plantão no primeiro ponto de observação.

— Aê, Dadinho. Tá na escuta?

— Fala, moleque.

— Tem uma mulé aqui que qué falá com o patrão.

— Quem é?

— Pô, é aquela que fechava com ele e tomô pipoco dos verme. A que era mulé do patrão.

— Segura aí que eu vô vê lá em cima.

Dois minutos depois, chegou a ordem autorizando a subida. O olheiro ainda levou uma bronca por tratá-la com desrespeito e pediu desculpas. Um motoboy levou-a na garupa até o alto da favela, passando pelos cinco postos de observação localizados nas margens da viela principal. Ela contou pelo menos trinta homens armados com fuzis e escopetas, além de granadas penduradas em cintos improvisados. E eles eram apenas uma parte da quadrilha, estimada em mais de cem homens. Os outros cuidavam das nove bocas de fumo espalhadas pela comunidade, cada uma com um faturamento estimado pela polícia em cento e vinte mil reais por mês.

Quando chegaram ao alto do morro, dois homens revistaram a menina, tomando o máximo de cuidado para não tocar nas partes sexuais. Como ela caminhava com dificuldade, um deles pediu licença e a carregou no colo até a casa do chefe, localizada na parte mais íngreme, de onde era possível ter uma visão completa da cidade do Rio, desde o maciço da Tijuca até a Baía de Guanabara.

O dono do morro estava acompanhado do gerente do tráfico e do contador, seus dois homens de confiança. Quando ela entrou, pediu para todos saírem, inclusive os três seguranças pessoais que nunca desgrudavam dele.

— Porra, patrão! Tu num pode ficá sozinho. E se os homi chega de repente? — perguntou um deles.

— Tá tranquilo, Bagulhão. O movimento tá calmo e a mina é de responsa. Temo que levá um lero — disse o chefe.

Saíram todos. Ela abraçou o bandido, que lhe deu um beijo na testa.

— E aí, minha flô? Que bom que tu tá viva!

— Foi por pouco. Ainda não acredito que estou aqui.

— Pô, eu fiquei maluco quando soube que tu levô um pipoco lá embaixo. Esculachei geral aqui em cima. Mandei nego atrás do filho da puta que fez isso contigo. Ia queimá o cara lá no micro-ondas.

— Mas não foi ninguém daqui, não.

— Tô ligado. Como é que foi o bagulho?

— Foi o seguinte... Vou te explicar. Lembra daquele dia?

— Lembro. Tu saiu daqui. Veio me avisá sobre os verme dos polícia, que eles iam invadir o morro. Porra, até reforcei o cerco. Suspendi os bonde da semana e botei mais gente no trampo.

— Pois é. Mas...

— Mas tu firmou com os verme, não foi? Tu me traiu com esses polícia. Foi ou não foi?

— Não é nada disso. Você tem que confiar em mim. Não posso te contar nada agora, mas eu preciso te perguntar uma coisa.

— Manda aí!

— Tu ainda me ama?

— Puta que pariu! Assim tu quebra a firma! Num tô sacando coé a tua!

— Porra, você sabe que eu nunca ia te entregar. Tu é a minha família.

— Aí, a parada é a seguinte. Tu é minha flô, tu é minha vida. Mas tu tá metida numa parada foda. E tu sabe que eu tenho que mantê a moral aqui no morro!

— Porra, tu não vai me dar uma chance?

Um silêncio nervoso tomou conta do barraco. O chefe do morro olhou para cima, deu um longo suspiro e sacou o revólver 38 que estava na cintura. Para relaxar, abriu o tambor de seis balas e o fez girar com um leve movimento do pulso direito. Ao mesmo tempo, usou a mão esquerda para acariciar a escopeta posicionada ao lado da cadeira, enquanto tentava pensar no que fazer.

Depois de alguns segundos, tomou uma decisão.

— Aê! Vô te batê uma parada. Tu tem culhão, sabia? Vir aqui e falá isso tudo na minha cara? Puta que pariu! Tô cabrero! Aí, na moral, se fosse outra, tava na vala hoje mermo! Mas contigo é diferente. Tenho que te respeitá! Então, vai sê o seguinte. Nossa relação acaba aqui. Tá ligada?

— Tô.

— Se aparecê no morro de novo, sento o dedo na tua fuça.

— Entendi.

— E eu vô te batê uma parada.

— Pode falar.

— Tu é cruel, minha flô, tu é cruel. Nunca vi tanta brutalidade numa mulé!

Ela aceitou o argumento.

E a separação.

ela aceitou

o argumento.

e a separação.

é o fim

do diploma,

não do

jornalismo

Meu nome é Felipe. Sou jornalista, professor da Universidade Federal Fluminense, doutor em Literatura pela PUC-Rio, pós-doutor em Semiologia pela Sorbonne e faço um risoto de frutos do mar muito apreciado pelos colegas da imprensa que frequentam a sala de jantar lá de casa. A maioria insiste diariamente para que eu abra um restaurante, sugestão que nego com veemência, apoiado em um único argumento: não tenho formação adequada.

Perdoe-me pela sinceridade, mas se você achou que o primeiro parágrafo foi irônico é tão preconceituoso quanto os jornalistas que se indignaram com a fundamentação do ministro Gilmar Mendes ao derrubar a exigência de diploma para o exercício do jornalismo. Por que gritaram tanto ao ouvir a comparação entre jornalistas e cozinheiros? Por que se sentem superiores aos colegas da gastronomia? Por acaso somos melhores ou mais sofisticados? Talvez mais eruditos? Claro, nós lemos Balzac, Joyce, Proust, Foucault, Deleuze. Mas essa não é a bibliografia dos cursos de Letras ou de Sociologia?

Pela lógica da obrigatoriedade, passaremos a exigir o diploma de Letras para qualquer um que escreva romances ou se arrisque nas estrofes de um poema. Da mesma forma, só poderá exercer o pensamento crítico sobre a sociedade quem passar pelos bancos empoeirados das escolas de Ciências Sociais. Aliás, este epíteto – ciência – é parte do problema. Um problema que começa justamente na universidade.

Nossos doutores da Academia falam despudoradamente em Ciências da Comunicação, mas onde está a ciência? Qualquer jornalista sabe que sua atividade está ligada a aptidões artísticas, ao bom e velho talento,

a uma boa dose de coragem e, principalmente, à capacidade de se comunicar com o público. Claro que não é só isso: lidamos com técnicas específicas e com valores morais que afetam a sociedade.
Mas isso também não é ciência e tampouco se aprende na universidade.

Então, para que servem as faculdades de jornalismo? A resposta é simples: para aprender a fazer um bom risoto. Se você tiver alguns professores acostumados com o manejo das panelas e outros bem informados sobre os temperos, talvez alcance o objetivo. Mas só vai completar o aprendizado quando chegar à cozinha e tomar uma bronca do chefe: o chefe de reportagem.

Infelizmente, o ambiente universitário contempla poucos professores interessados em gastronomia. Os pratos são servidos frios, não têm sabor. Falta pimenta e sobra chuchu na maioria das receitas. A Academia é um inverno de fome, mas é a vaidade dos cozinheiros que atrofia as glândulas gustativas.

Os professores "somos" corporativistas. O verbo é inclusivo porque a crítica não me isenta de culpa. Na universidade, principalmente nos cursos de mestrado e doutorado, utilizamos uma linguagem hermética – escondida sob o véu de ciência – como estratégia de poder para perpetuar nosso lugar nas cátedras douradas da Academia. O discurso é claro: se você não me entende é porque ainda não alcançou o meu nível, mas se estudar muito, um dia chegará lá. Não é de estranhar que nossos alunos se sintam superiores. Afinal, ninguém fala em epistemologia ou em hermenêutica nos cursos de culinária.

Sou favorável ao diploma de jornalismo, o que não significa defender a obrigatoriedade do diploma para o exercício da profissão.

Na introdução de um livro que publiquei em 2005 (Teoria do jornalismo, Editora Contexto), tinha uma opinião diferente, mas acho que precisamos rever nossas conclusões sobre o tema. Se eu fosse diretor de um jornal, daria prioridade aos profissionais formados nas boas escolas de comunicação (aquelas que têm cozinheiros talentosos), mas não excluiria sociólogos, advogados ou economistas, cujas habilidades podem ser úteis ao jornalismo.

Lá em casa, o risoto continuará a ser servido, mas o restaurante fica pra depois. Quando me formar em gastronomia, convidarei os amigos (se ainda os tiver) para ler o jornal que os garçons vão produzir. Só não sei se o editor-chefe será o *sommelier* ou o *maître*.

Enquanto isso, um beijo na testa e bom apetite!

um beijo

na testa

e bom apetite!

da surpresa

à

estiagem

O café da manhã na cama era um luxo com o qual já estava desacostumado. Mas poderia se habituar novamente sem o menor problema. A bandeja, milimetricamente arrumada, trazia suco de laranja, *croissants*, manteiga, geleia de damasco, patê, frutas, iogurte e leite achocolatado. O cafezinho viria depois, para não esfriar. Três gotas de adoçante, duas mexidas na xícara e um prolongado beijo umedecido. A sequência preferida para começar bem o dia.

— Você me deu um susto ontem à noite! — ela disse.

— Não foi minha intenção — ele respondeu.

O susto da noite anterior havia durado poucos segundos. Apenas o tempo suficiente para a dona da casa reconhecer o inesperado visitante. As explicações, no entanto, demoraram um pouco mais, e valeram cada instante. Da sala até o quarto, o caminho fora mediado por uma angustiada conversa, facilitada, é verdade, por duas garrafas de *Châteauneuf-du-Pape*, mas sempre pontuada por uma racionalidade mútua, em que um se esforçava para entender o ponto de vista do outro. No lugar da embriaguez, o vinho trazia uma sobriedade pragmática, de quem sabe o valor da recompensa que está por vir.

Não era propriamente uma reconciliação amorosa, mas as circunstâncias pareciam amenizar as diferenças e, conforme conversavam, os defeitos tão arduamente lembrados ao longo dos últimos meses simplesmente desapareciam. A cumplicidade absolvia os erros. A necessidade exaltava os acertos. A umidade perdoava os clichês:

— Foi mais forte do que eu. Não consigo parar de pensar em você, Nona.

Ela sentiu o golpe baixo, àquela altura já perdoado e até desfrutado. Chamá-la pelo apelido estava longe de ser incompatível com a noite que acabavam de compartilhar. Mais do que nunca, adorou ser chamada de Nona. Mas se era para entrar no jogo dos clichês, também conhecia alguns.

— Não me chama assim!

— Jamais vou encontrar alguém como você. Não sei por que nos separamos.

O lamento da separação mudou completamente a direção do vento cortês que soprava pelo apartamento. Ela levantou abruptamente, derrubando a xícara de leite e o suco de laranja. O rosto enrijeceu. As pernas tremeram. A voz subiu todos os decibéis possíveis.

— Sabe sim! Ficamos quase um ano juntos, dividindo tudo. Prazer e angústia, alegria e frustração, tudo. Confiávamos um no outro, ríamos, gostávamos das mesmas coisas. A perfeição, eu diria. Ou, pelo menos, o mais próximo disso que eu já vi e vivi. De repente, você começou a sabotar cada minuto do dia. No começo, eu achei que era problema no trabalho. Depois, pensei que fosse a crise da meia idade. Só depois de um tempo parei de dar desculpas a mim mesma e percebi o que realmente estava acontecendo. Você estava com medo. Um medo idiota, mas ainda assim um medo.

— Você acha que eu estava com medo de casar com você?

— Quem falou em casamento? É muito mais profundo do que isso. Seu medo é ancestral, vem do inconsciente. É o medo de passar o resto da vida com alguém, mesmo gostando disso. Medo da dependência que isso traz. Medo de perder aquela aura machista de possuir várias mulheres. Medo de não poder mais exercer o poder de sedução sem se sentir um traidor. Medo de deixar de ser o grande conquistador, disputado por donzelas no cio. Esses são seus medos.

— Mas eu sempre te amei.

— Que porra de amor é esse? De novela, de música, de literatura? Não estamos numa letra do Chico Buarque. Falar de amor com poesia, escolhendo as palavras, usando metáforas, é mole. Mas, na vida real, o amor é feito de clichês mesmo. Mais companheirismo e menos lirismo. São repetições no cotidiano. Demonstrações claras. Mandar flores, elogiar a unha, reparar no cabelo, acompanhar ao médico, fingir que gosta da sogra. Enfim, tudo isso que você nunca me deu.

— Você devia ter me alertado.

— Eu tentei. Mas lutar sozinha é duro. Dei vários sinais, mostrei minhas insatisfações, até passei por cima das minhas certezas e voltei a ser a menina de dúvidas de antigamente. E você não percebeu nada. Deixou que o medo te consumisse e continuou sabotando tudo. Sempre em pequenos detalhes, justamente aqueles que marcam. Eu estava nas suas mãos, completamente apaixonada. Mas você jogou tudo fora.

— Desculpe, Nona.

— Não me chame de Nona, porra!!!

Ela chorou. Estava na cama com sua verdadeira certeza, a única que não fora construída artificialmente, como parte da falsa determinação em ser decidida. Passara a noite com essa certeza, sentira sua pele, seu cheiro e a respiração ofegante que a encharcava. Mas percebia que a estava perdendo.

Sem ele, sua vida seria uma estiagem.

sem ele, sua vida seria

uma estiagem.

o dia em que

o rio de janeiro

se

separou

do brasil

Imaginem se as perdas com os *royalties* do petróleo fossem do Rio Grande do Sul? Não duvido que, em poucos minutos, os gaúchos organizariam uma revolução e proclamariam a independência do estado. Até consigo ver as barricadas no Palácio Piratini, as trincheiras organizadas por barbudos com lenço vermelho no pescoço, o chimarrão queimando durante a noite e os generais do terceiro exército organizando suas tropas para proteger o levante.

Se fosse no Rio Grande, os facões sairiam das bainhas, o charque assaria nas fogueiras, Garibaldi reencarnaria em algum imigrante italiano, o Veríssimo faria crônicas arrebatadoras, a torcida do Inter fecharia as fronteiras e o Renato Borghetti tocaria o hino farroupilha com sua gaita de ponto. Se fosse no Rio Grande, haveria luta. Mas a perda é do Rio Pequeno, o Rio de Janeiro.

O Rio de Janeiro começou a ficar pequeno na década de 1960, com a mudança da capital para Brasília e, de lá pra cá, a situação só piorou. Perdemos na política, perdemos na economia, perdemos na segurança, perdemos na referência. Ah, sim, continuamos como a capital cultural do país, mas dividimos esse *royalty* com a violência, sempre pontificada mundo afora como nossa maior mazela. Sem falar em outros problemas graves, como a falta de saneamento, a saúde sucateada e um obsoleto sistema de transportes. Mas o que esperar agora, quando deixaremos de arrecadar três bilhões de reais por ano, sendo que esse valor deverá duplicar até o final da década?

Permitam-me responder: não devemos esperar. Se a nova divisão dos *royalties* não for cancelada, está na hora de pensarmos em sair da federação. Tomemos, pois, o Palácio Guanabara, torcendo para que o governador se junte a nós assim que chegar de Paris. Independência já! Queremos o Rio de Janeiro fora do Brasil. Se não temos chimarrão, podemos servir um chope gelado nas barricadas, acompanhado de um torresminho, claro, porque ninguém é de ferro. E, na falta do Renato Borghetti, reencarnamos o Dicró no corpo sarado do Zeca Pagodinho, além de chamar a bateria do Salgueiro pra manter a cadência da Revolução.

O Arnaldo Jabor pode aparecer no jornal da noite para incendiar os intelectuais, a Miriam Leitão explica os gráficos e o Zuenir Ventura reúne a cidade partida, quer dizer, o estado partido. A Raça rubro-negra ocupa a fronteira com São Paulo, a Young Flu toma a divisa com Minas e as caravelas vascaínas protegem nossos mares petrolíferos. Todos os pilotos de asa-delta serão chamados para a força aérea. As garotas de Ipanema serão convocadas para o serviço de inteligência. Os moderninhos do Leblon ficarão na retaguarda. Na Serra, no norte fluminense e na Costa Verde, milhares de voluntários se levantarão contra a injustiça, tomando o destino do povo em suas mãos enrugadas pelas enchentes, já que não terão mais verbas para reconstruir as cidades.

Chegou a hora. Queremos o Rio de Janeiro fora do Brasil. E se você acha que tudo isso é uma piada, espere até ter sua aposentadoria cortada, seus filhos sem emprego e seu município em permanente estado de calamidade pública. Infelizmente, meu amigo, esse é um caso concreto de: independência ou morte.

Ou assunto pra mais um chopinho na praia.

infelizmente,

meu amigo,

esse é um caso

concreto de:

independência

ou morte.

conquistador

em fim

de carreira

Os dois velhos professores de educação física estavam na gerência da academia, de onde tinham uma visão panorâmica da sala de musculação e de ginástica localizada. A aula das cinco estava terminando e as alunas da turma das seis chegavam lentamente, desfilando seus modelitos especialmente comprados para ressaltar os resultados da malhação.

Havia basicamente dois tipos de roupa. O primeiro era composto por uma peça única, que ia do meio das coxas até o pescoço, deixando as costas nuas e, em alguns casos, também o abdômen. O tecido colante, utilizado sobre uma calcinha cavada, deixava as bundas ainda mais empinadas, agravando escolioses e produzindo um efeito lisérgico sobre o público masculino.

Já o segundo modelo era dividido em duas peças, como um biquíni. A diferença é que era um pouco maior do que os trajes usados nas praias cariocas. Mas ficava mais sensual, pois valorizava as coxas trabalhadas nos aparelhos de *leg press* e os seios inflados em cirurgias plásticas, além de instigar a curiosidade pelo pouco que estava escondido. Para completar, pequenos detalhes, como meias até os joelhos, tênis importados e maquiagem completa.

A troca de turno era o melhor horário da academia. Enquanto as alunas das seis chegavam para a aula mais concorrida, comandada por um dos sócios, a turma das cinco fazia os últimos exercícios de glúteo, antes dos abdominais, que fechavam a sessão. A posição em que ficavam causava um alvoroço disfarçado nos homens, que fingiam nem ligar, embora não conseguissem tirar o olho do cenário formado à frente.

Cerca de trinta mulheres apoiavam os joelhos e as mãos no solo, ficando de quatro para os babões dissimulados do outro lado da sala, onde estava a musculação. Com as bundas apontadas para eles, iniciavam o movimento indicado pelo professor. Primeiro, esticavam a perna esquerda, depois a direita. Em seguida, faziam semicírculos, imitando cachorrinho no poste, para exercitar a parte posterior do glúteo. Naquela posição, o tecido colante e suado deixava a pélvis em alto-relevo, quase tão imponente quanto o músculo que estava sendo trabalhado. E elas ainda faziam caras de sofrimento prazeroso, gemendo a cada movimento executado, apertando os lábios delineados por batom e fechando os olhos para aumentar a concentração.

Com essa cena a poucos metros de distância, protegidos pelo vidro fumê da sala da gerência, os velhos professores discutiam suas preferências.

— Quem é aquela loira de roupa amarela?

— Não é pro teu bico.

— Que é isso? Tá com ciúme das alunas?

— Não é minha aluna, mas acho que ela tem namorado.

— Você acha ou ela tem mesmo?

— Eu acho. Quer que eu verifique?

— Não precisa.

Ficaram paralisados com os movimentos da menina de amarelo. Quando a aula terminou, acompanharam seus passos rumo à musculação. Ela se posicionou na cadeira extensora, esticando as pernas delicadamente, aproveitando a parte negativa do esforço que, segundo os professores de educação física, faz o músculo inchar. O rosto sereno, sem maquiagem, diferentemente das outras alunas, não buscava a autocontemplação. Parecia imersa em si mesma, dona de uma solidão à espera de salvamento. Passariam o resto do dia admirando-a, não fosse o corte brusco das enfermeiras que os acompanhavam.

— Meninos, vamos parar de babar!

Voltaram do sonho. Embora preferissem continuar naquela epifania estética, quem mandava eram as moças de branco.

embora preferissem continuar naquela

epifania

estética,

quem mandava

eram

as moças

de branco.

de lula para collor

em 2060

Querido Fernando,

Como vão as coisas aí embaixo? Rosane já se acostumou com o clima? Se tiver qualquer dificuldade, é só me dizer. Tenho vários amigos morando na sua vizinhança. Eles me devem favores, não hesitarão em atender a um pedido meu, principalmente agora, que inicio minha trajetória política aqui em cima.

Uma coisa posso te garantir: nunca antes na história do Paraíso um operário esteve tão próximo do poder. Na semana passada, organizei a primeira grande greve do sindicato dos santos. Foi um sucesso. Paramos todos os milagres, ninguém atendeu a uma oração sequer. A imprensa estava toda lá. O exército de arcanjos cercou o estádio, mas nós ficamos unidos.

O Francisco de Assis, que é líder da bancada da oposição, já me convidou pra fundar um novo partido com uns intelectuais de esquerda. O ditador aqui é muito poderoso, vive baixando decretos que Ele chama de mandamentos. Mas logo vamos restabelecer a democracia e acabar com a corrupção e o nepotismo.

É verdade que tem um pelego de nome Pedro que anda me boicotando. O cara tem medo de perder o lugar, coitado. Não sabe que a minha meta é ser chefe dele. Não tenho qualquer interesse no posto de intermediário. Estou pensando em oferecer a vaga de vice pra ver se ele para de me encher o saco.

Nos últimos dias, tenho pensado muito em você. Se estou aqui em cima, é porque exercitei a virtude do perdão contigo. Se não fosse por aqueles acordos que fizemos em 2010, quando subi no teu palanque em

Alagoas com o Renanzinho, não teria conseguido o visto para entrar no Paraíso. Obrigado, companheiro. Obrigado por me deixar perdoá-lo.

Tem visto o Sarney por aí? É outro a quem devo o meu lugar nestas nuvens abençoadas. Assim como te perdoei por ter exposto a minha filha fora do casamento na campanha de 1989, também perdoei o José por me transformar em seu avalista político durante o escândalo dos atos secretos no Senado. Ele não é uma pessoa comum, merece toda a minha reverência. Vê se arruma uma boquinha pros parentes que forem chegando por essas bandas. O homem precisa.

O Franklin Martins está aqui do meu lado, corrigindo o que eu escrevo. Como não deixaram o Duda Mendonça entrar, é ele que cuida de tudo. O japa também foi barrado, assim como o Zé Dirceu e o Palocci. Ainda não entendi por quê. Deve ser coisa desse tal de Pedro. Tenho certeza que o cara é agente do SNI, mas a Dilma e o Suplicy acham que ele é tucano mesmo. Já o viram cochichando com o FHC e o Serra em um jogo de tranca na casa do São Judas Tadeu.

Na semana que vem, vamos fazer um churrasco numa granja que o sindicato comprou ao lado dos Portões do Éden. A vista é uma beleza, mas você ia babar mesmo é com os jardins, que deixam a Casa da Dinda no chinelo. A construtora que fez a obra pertence a um sujeito que veio lá do Vaticano, um alemão de nome estranho cujo passatempo preferido é contar piadas antissemitas.

Só não te convido porque sei que a polícia federal não te deixaria entrar. Mas quem sabe eu vá te visitar um dia desses para comer uma pizza com o Renan, o Maluf, o Jáder, o ACM, o Cafeteira e outros companheiros queridos de quem sinto tantas saudades. Sei que o forno aí embaixo é muito bom e os pizzaiolos são os melhores do universo.

Um abraço de paz e amor,

Luís Inácio

um abraço de paz

e amor,

Luís Inácio

carta

aberta

para

caetano veloso

Querido Caetano,

Todo mundo sabe que você não gosta do cara, mas sua mãe gostava. Só que há um detalhe esquecido nessa inversão da lógica do Chico: aqueles que a utilizam para defender o ex-presidente, na verdade o estão atacando. Não entendeu? Tudo bem. Às vezes, eu também não entendo o que você diz, mas, mesmo assim, insisto nas entrelinhas. Então, permita que eu explique. Antes, porém, devo me apresentar.

Sou professor da Universidade Federal Fluminense, no Rio, onde leciono jornalismo e oficinas de literatura. É uma escola pública, daquelas que têm paredes descascadas, cadeiras quebradas e lousas destruídas pelo tempo. Há alguns anos, também trabalhava como comentarista político na emissora estatal, a TV Brasil, mas fui censurado por criticar o governo e acabei saindo do programa que fazia.

Assim como você, também votei chorando no operário do ABC. Em 1989, quando era adolescente, carregava bandeiras do partido e enchia meu carro de adesivos, além de entoar aquele *jingle* de campanha gravado por artistas e intelectuais. Era o homem lá e eu aqui, emocionado, estudando Marx e Marcuse, e me preparando para, um dia, também influir na política.

Cômico e trágico, né não, Caê? Doce ilusão de um doce bárbaro que se achava a vanguarda do universo e ainda virou professor porque queria mudar o país e o mundo. Fala sério, meu rei: vinte anos depois, você ainda acha que os intelectuais e artistas influenciam na eleição?

Temos alguma missão a cumprir nesse mundo de maletas e cuecas? Somos referência para os que votam?

Então por que todos ficaram ruborizados quando o Aderbal chamou a moça de peruca de futura presidente antes da eleição? O sujeito apenas declarou o voto, nada mais. Qual é o problema? Não haverá nenhum séquito de eleitores se guiando pela opinião divina de um dramaturgo. Aliás, quem montou esse drama não entende nada de teatro.

Dramáticos mesmo somos nós, artistas, intelectuais, escritores. Eu, por exemplo, morri de ciúmes quando você elogiou o livro do Agualusa sobre o dia em que Zumbi tomou o Rio. Como eu queria que você elogiasse o meu romance, Caetano! Aquele sobre a decadência do ensino universitário. Só assim me transformaria em um *best-seller* e poderia mudar os rumos da educação no país.

Mas você não leu. E a educação continua essa vergonha. Culpa sua, única e exclusivamente sua. Milhões de jovens semialfabetizados continuam vagando por universidades de pífia qualidade por causa de sua irresponsabilidade. Não é de estranhar que ele, o cara, faça pouco caso daqueles que têm diploma. Muito menos que continue a errar conjugações e regências. A culpa é sua, Caetano. Foi você que não leu o livro.

E ainda querem me convencer de que somos formadores de opinião. Faça-me rir! Não servimos nem para fiscais de urna. Cultura não rende voto, meu querido. Ninguém quer saber o que pensamos ou discutimos. Há coisas mais importantes: o saco de farinha doado pelo vereador, a dentadura fornecida pelo centro odontológico do deputado, a bolsa mensal para a família depositada no banco do governo. Cultura pra quê?

Nestas terras, meu texto não vale meio panetone. Troco meu livro pelo seu leãozinho criado à base de acarajé e vatapá. O que acha? Os direitos autorais cabem no dedinho da meia do secretário, mas o orgulho é enorme. Você não vai se arrepender! Eu garanto!

Os intelectuais "somos" chatos, herméticos e bestas. O que me faz lembrar uma certa corrente da contemporânea literatura brasileira. Mas deixa isso pra lá. Nosso assunto aqui é outro.

Já ia me esquecendo, Caetano: tenho que explicar a frase do primeiro parágrafo. Qual era mesmo? Sim, a relação entre a inversão da lógica do Chico e o apoio à presidenta com base nas perspectivas eleitorais. Hummmm! Esse problema é complexo. Muito Complexo.

Sabe o que é, nego? Tá dando uma preguiça! Posso deixar pra próxima? Tudo que eu disse aqui não passa de um arremedo insano de um velho professor metido a romancista. Meu texto, minhas ideias e minha vaidade são apenas ficcionais.

Dê um cheiro na patroa e um beijo nas crianças.

Sou seu fã.

Ou não.

sou seu fã. **ou não.**

a fashion week

dos

escritores

Tão difícil quanto pronunciar paralelepípedo é encontrar um autor brasileiro de ficção na lista dos dez mais vendidos. Se você não é mago, pesa menos de cento e trinta quilos e está longe de compor a trilha sonora de sua geração, esqueça: seu destino é perpetuar o ciclo de minúsculas tiragens do romance nacional. No máximo, três mil exemplares e algumas resenhas feitas por amigos que dividem o chope no bar da esquina. E, é claro, as posteriores lamentações por não ser conhecido do grande público.

São uns ignorantes, você dirá. Incapazes de entender sua proposta temática e penetrar no brilhante jogo de linguagem com o qual conduziu a obra. E jogará os mesmos paralelepípedos que não consegue pronunciar nesses bárbaros incultos, torcendo para que rachem suas cabeças limitadas. Vender é uma heresia. Quem precisa de público? Leitores pra quê? Quem gosta de plateia é foca amestrada. Você é um artista, um intelectual. Tem o reconhecimento da crítica e sempre é convidado para os principais festivais de literatura. Você é um sucesso. Até que...

Para seu espanto, o curador da Feira Literária Internacional de Paraty esqueceu de incluí-lo na programação. Não é possível, deve haver algum engano. Logo você, que tem tanta intimidade com os paralelepípedos da cidade! Conhece-os pelo nome, pela tez! Só pode ser coisa daquela invejosa que criticou seu último livro! Minha filha, liga pra editora!

Você vê a lista de convidados na internet. Maria está na mesa de abertura: isso combina mesmo com ela, é uma coadjuvante. João participa do debate de sexta à noite: vai ficar vazio, todo mundo bebendo nos bares. Meu Deus, Jorge está no horário nobre! Só porque ganhou o prêmio da tartaruga no ano passado? É um absurdo! E se esquece de que ganhou o mesmo prêmio no ano anterior, motivo pelo qual foi convidado para o evento.

Prossegue na digestão da lista. O estômago arde, a boca resseca, o fígado desapareceu. Andréa vai falar no sábado? Só porque vendeu dez mil exemplares daquele livrinho de memórias disfarçadas? Leitor sério não se interessa por isso. A crítica destruiu essa garota. Aninha também está na mesa? Mas essa é ainda mais nova! Onde vamos parar? E ainda tem o Sandro, o Rui e o Chico. O Chico? Quem é esse tal de Chico? Alguém me diz quem é o Chico, por favor!

Você se desespera. Dá um soco na tela do computador, bate com a testa no teclado. Outros ilustres desconhecidos aparecem como convidados de honra. Nunca ouviu nem ouvirá falar deles. São comerciais, escrevem fácil, agradam o público. Vendilhões do templo, não sabem nada de literatura. São como esses jornalistas que fazem ficção, reis da superficialidade.

Para você, a literatura é experimentação, é linguagem, invenção. A história não tem a menor importância. Quem se importa com isso é leitor barato, sem erudição. Você sabe que a literatura é a única arte em que ainda permanece essa divisão entre erudito e popular. Em todas as outras há misturas, fronteiras híbridas. Melhor assim: mantém nosso feudo.

A linguagem acessível não é literatura. Contar uma história não é literatura. Só o que você faz é literatura. Mesmo que seja chato, hermético e besta. Não importa. Você escreve um livro e pergunta: tá vendo como sou genial? Tá vendo aquela passagem? Entendeu a minha sacada? Fui eu que fiz!

A história é só um detalhe. Seu nome na capa é o que importa. Mesmo assim, estranha que suas tiragens não passem dos três mil exemplares. Você faz como os outros, não é diferente. Segue a cartilha da crítica acadêmica, tem amigos na imprensa, frequenta as festinhas. Não dá pra entender. Por que só você ficou de fora da festa?

A resposta está no jornal. É o efeito Flip. A Feira Literária faz aumentar as vendas, cativa o público, chama a atenção dos editores. É a Fashion Week dos escritores. Vinte mil pessoas passam pela cidade, pisam nos paralelepípedos, ouvem palestras, assistem a shows, participam de oficinas, compram livros. Mas você é contra tudo isso. Quer continuar com sua panela elitizada, na alta cultura, no umbigo sardento da erudição.

Você conhece os paralelepípedos e não vai se sujeitar
a essa falsa democracia.

Ainda bem que não foi convidado.

ainda bem que

não foi convidado.

a vocação para o ridículo

Quantas vezes por dia nos flagramos no exercício do ridículo? E não se trata apenas do ridículo doméstico, aquele das intimidades com o espelho ou com o bichinho de estimação. Se você é do tipo que conversa com as paredes, espia a vizinha, conta as celulites, encolhe a barriga, chora em casamentos e assiste a novelas mexicanas, não se preocupe. O ridículo é muito mais abrangente. Vai da incomunicabilidade em elevadores a sentimentos potentes, como o ciúme e a intolerância. O que pode ser mais ridículo do que os beliscões da noiva possessiva? Ou as certezas absolutas dos senhores da verdade? E nada melhor do que a frase de Napoleão para ilustrar a abrangência do tema: "Do sublime ao ridículo, é só um passo".

Não podemos dizer que exista uma maneira honrosa de evitar o ridículo. O melhor é assumi-lo, rir de si mesmo e, quem sabe, escrever um livro. Eu exerci essa vocação diversas vezes. Desde a minha escolha por evitar o texto acadêmico até a pretensão de achar que as linhas que escrevo estão muito mais próximas do devaneio e da transgressão do que da lucidez e da disciplina. A verdade é que as pretensões desnudam o cotidiano de nossa pobre existência, revelando o ridículo original presente em cada um de nós.

Recentemente, reli um romance que ilustra muito bem essa tese. Chama-se *A matemática da formiga*, da escritora paulista Daniela Versiani. A história é pontuada por situações insólitas vividas pela narradora: a volta ao dentista para tentar reaver o dente que fora arrancado no dia anterior. A entrevista para um emprego que termina no hospital. A contagem dos passageiros que entram e saem do metrô. A trajetória de quem, assim como uma formiga, pode se afogar em uma gota de chuva; ou seja, na estranha matemática do cotidiano, a fronteira entre o banal e o espetacular pode simplesmente não existir.

Ao explorar o ridículo do cotidiano, Daniela também aponta seu senso crítico para temas correlatos. Por exemplo, o *medo*: "as situações embaraçosas são tudo o que mais temo na vida, depois do destino e da morte, é claro"; a *atomização*: "sigo um desconhecido à minha frente e pressinto um desconhecido a me seguir. (...) Somos uma experiência coreográfica efêmera e sem autor. Saboreamos inconscientes nossa pertença ao caos"; e o *exagero*: "já me habituei aos meus excessos todos: fome demais, desejo demais, medo demais. (...) O meu cálice transborda".

Como diz a personagem principal, "há poucas maneiras de dizer o óbvio". Mas no caso desse livro, ele está presente em toda a narrativa, por meio de situações tão comuns, que passam despercebidas, sem que lhes sejam dadas o privilégio da atenção. É por isso que, na maioria das vezes, o óbvio está próximo do devaneio, e o devaneio está próximo da poesia. Pois é o que fica de mais forte na retórica de Daniela Versiani: a utilização de uma linguagem poética para narrar situações dramáticas, sem, no entanto, excluir a ironia e o jogo de imagens.

A matemática da formiga faz parte da série Ficções, publicada pela editora 7 Letras para lançar romances de autores estreantes. A própria Daniela Versiani publicou outra obra pela editora, também baseada em suas observações sobre o óbvio e o ridículo cotidiano. O enredo falava de uma dona de casa que vai a um supermercado para comprar legumes, e, no meio da barraca de chuchu, encontra um grilo com quem começa a conversar.

Uma história ridícula, como todos nós.

uma história

ridícula,

como

todos

nós.

o retrato na cabeceira

Quando se aproximou dela, já conhecia seu histórico de decepções amorosas. No começo, a morena de olhos verdes puxados e canelas finas era apenas um desafio. Conquistá-la significava ficar a poucos centímetros daquele dentinho torto que pressionava o lábio inferior, perceptível apenas para quem tinha suficiente intimidade para se aproximar. E ainda tinha o embate intelectual, que seria longo, demandando a aplicação de todos os conhecimentos aprendidos na psicanálise.

Mas, em pouco tempo, percebeu que a sedução partia do lado contrário. Um olhar sutil. Uma piscada despretensiosa. Uma roupa mais sensual. Metáforas inscritas em mensagens virtuais pela internet. Desfiles triunfantes pelos corredores do campus. Os papéis encenados na lógica da caça e do caçador não estavam distribuídos da maneira que planejara. Seu personagem interpretava o seduzido, não o sedutor.

Ele não esperava a inversão do jogo da conquista. Quando finalmente conseguiu marcar o inusitado jantar no restaurante para surfistas, o que, ingenuamente, lhe parecia uma estratégia para surpreendê-la, já estava dominado. Mal conseguia disfarçar o entusiasmo juvenil, a coceira nas mãos, a face ruborizada, as palavras atropeladas pela embriaguez alimentada por duas garrafas de vinho californiano. Comeram pizza, uma simples pizza, mas pareciam degustar iguarias indianas importadas pela Corte de Nabucodonosor. De sobremesa, um sorvete de creme, apenas uma bola, consumida na mesma tigela, numa divisão análoga aos assuntos discutidos à mesa.

Ela relatou as histórias de amores frustrados que ele já conhecia. Acrescentou detalhes, fez confissões, abriu a guarda. Contou sobre a mágoa com o pai, um imigrante húngaro, fugitivo da Segunda Guerra

Mundial, que a abandonara quando tinha três anos, deixando-a sozinha com a mãe e o irmão, cinco anos mais velho. A relação com ele se limitava a um telefonema mensal e a encontros fugazes em que ele pedia folhas de papel rasuradas para utilizar o verso na impressora velha que mantinha em sua casa. Na verdade, era a casa dos avós dela, os que realmente haviam sofrido a perseguição nazista, já que o pai não passava de uma criança na época.

O trauma, transmitido de uma geração a outra, fazia com que os habitantes do pequeno sobrado suburbano cultivassem hábitos no limite da avareza. Avô, avó e pai economizavam cada migalha que podiam, com medo de passar pela carestia novamente. Não usavam luz elétrica, guardavam qualquer sobra de comida e até o chá que serviam para a neta, em suas escassas visitas, era proveniente de um envelope fervido pela segunda vez.

No fim do jantar, ela se sentiu tão leve, que todos os problemas pareciam ter desaparecido. No estacionamento do shopping, voltaram a ser adolescentes, rolando pelo banco traseiro durante uma hora, com o motor ligado e o CD player tocando baladas progressivas do Pink Floyd. A voz rouca de Roger Waters perguntava: *Should I run for president?* E ela respondia que sim, ignorando a pieguice romântica do diálogo imaginário.

No apartamento dele, quase não precisaram se despir. As roupas ficaram pelo caminho. Na garagem, no elevador, no corredor, no hall anterior à porta, batida com um pontapé elástico, olimpiano.

Com as dúvidas esquecidas, deslizaram pela certeza úmida até o sofá. Dos corpos entrelaçados, emanaram significantes fluidos, interjeições mudas, signos desconhecidos da linguagem verbal. Neologismos ritmados pela respiração. Um sabor tórrido vibrou no mesmo timbre sincopado. Pulsos e espasmos anunciaram o sopro final, que durou o tempo dos amores perdidos e se repetiu pela madrugada.

Nas noites glaciais do Jardim Oceânico, ele sempre revivia esses momentos. Lembrava dos passos macios e das mãos pequenas que sustentavam seu coração errante. O mesmo coração que fora incapaz de corresponder aos apelos da única mulher por quem se interessara de verdade. Durante a maior parte do tempo em que ficaram juntos, ele se dedicou a sabotar a relação, uma forma inconsciente de afastá-la, materializada em pequenas ações, como o esquecimento do aniversário ou uma simples palavra rude durante um almoço com os amigos.

Mesmo sendo um psicanalista experiente, não conseguiu domar o próprio inconsciente, e só percebeu a culpa quando ela esvaziou o closet, apanhou a escova de dentes e foi embora.

Sobrou apenas o retrato na cabeceira que ele não tinha coragem de substituir.

sobrou apenas o retrato na cabeceira

que ele não tinha

coragem de substituir.

redoma

de

vidro

(Durante sete dias, a escritora Paula Parisot ficou confinada em um cubículo de vidro montado numa livraria de São Paulo. O cubo simulava a clínica de repouso descrita no romance Gonzos e parafusos, *lançado pela editora Leya.)*

Eu sei, Paula, você já é crescida e sabe se defender sozinha. Não precisa de meus afagos nem da minha solidariedade. Muito menos destas linhas tortas e analfabetas. Mas me senti na obrigação de escrevê-las.

Quando você se trancou naquele aquário de vidro para divulgar seu livro novo, muitos de meus colegas escritores, alguns deles amigos queridos e cujo trabalho admiro, criticaram sua performance e a chamaram de marqueteira. E só porque o Rubem Fonseca apareceu para uma visita destilaram insultos contra um de nossos maiores escritores. Uma aprendiz de novelas chegou a afirmar que era um vexame total. Outra disse que era um mico público. Quanta maldade! Quanto preconceito!

Perdoe-os, Paula. Eles não sabem o que dizem. Em todas as outras artes, as performances de divulgação são respeitadas, até mesmo admiradas. Por que elas seriam proibidas na literatura? Ninguém imagina um cineasta criticando o Almodóvar só porque ele usou uma saia durante um evento social. Ou o Caetano Veloso apanhando da mídia porque apareceu de surpresa em uma rua da periferia. Alguém criticou o pianista Nelson Freire por deixar um cineasta invadir seus ensaios e apresentações para fazer um documentário ao estilo *reality show*?

Eles dirão que isso é muito diferente, que os artistas em questão não precisam de marketing, já estão consolidados. Mas não deveria ser exatamente o contrário? Mesmo que eles não saibam que, além de escritora, você também é atriz, não deveriam incentivar sua luta para chegar aos leitores? Não deveriam brigar para que a literatura brasileira tivesse o mesmo espaço na imprensa?

O problema, Paula, é que você ganhou destaque na *Folha de S.Paulo* e no *Jornal do Brasil*. O argumento deles para não confessar a inveja é que o destaque foi pela performance, não pelo texto. Mas o objetivo não era exatamente o de fazer o público chegar ao texto? E vale mais uma pergunta: esses escritores leram o seu livro?

Então saiba que ele é muito potente, tanto no trabalho da linguagem quanto no cruzamento de níveis narrativos e de ideias voltadas para a filosofia e a psicanálise. E essa opinião não é minha, é de uma professora de literatura que entrou na discussão em uma rede social.

O mais irônico é que, no mesmo dia em que tomei contato com essa discussão, fui ao lançamento de uma excelente coletânea de contos baseada em músicas de um ícone do rock nacional. Lá estavam alguns dos autores que criticaram a sua performance. Sabe o que eles faziam? Cantavam as músicas dos contos em um improvisado karaokê. Diga-me, Paula: isso não é performance?

O ensaísta búlgaro Tzvetan Todorov afirma que o principal risco que ronda a literatura é o de não mais participar da vida cultural do cidadão. E isso acontece, segundo ele, porque os escritores não se preocupam mais com a afetividade e o prazer do leitor, limitando-se apenas a aspirar ao elogio da crítica.

Perdoe-nos, Paula.

Nós é que estamos numa redoma de vidro.

perdoe-nos, Paula.

nós

é que estamos

numa

redoma de vidro.

isto não é

uma crônica

de natal

Não escreverei uma crônica de Natal. Não falarei de ícones sagrados, não professarei minha fé, não lembrarei das renas de Papai Noel, não sortearei o amigo invisível, não matarei o peru de véspera. Até porque a véspera foi ontem e eu só me importo com o presente. Não o da árvore, mas o outro, cujo sentido anda um pouco distante para mim. Portanto, meus amigos, não entrem no clima natalino: embora os personagens sejam bíblicos, a história a seguir não é religiosa. É apenas real. E nada mais ficcional do que a realidade.

Maria tocava violino em uma orquestra do interior. José cantava no coro da igreja. A música os aproximou, embeveceu o pensamento, organizou as partituras da vida que levariam para o altar. Não foi um amor de claustro, escondido, daqueles que são construídos na alcova. Maria e José seguiram os rituais, rezaram pela cartilha, planejaram cada detalhe sob o olhar atento e zeloso das famílias.

O casamento tradicional emocionou os vizinhos. A felicidade morava ali, entre dós sustenidos e outras notas musicais organizadas em escalas diatônicas bem executadas. Nenhum percalço, nenhum risco, nenhuma canção desafinada. Como viviam de música, não havia como errar o tom. Mesma cidade, mesmos amigos, mesma vocação. Tinham encontrado segurança e estabilidade.

Quando Maria anunciou que estava grávida, a bênção se multiplicou. José preparou o berço, compôs um hino de louvor, afinou a voz. Enquanto isso, a mãe tricotava o violino para acompanhar as carícias no ventre que já anunciava o filho iluminado, pródigo, santificado.

Na véspera de Natal, quando os dois se apresentavam na missa do galo, a bolsa estourou. O padre insistiu para que Maria desse à luz ali mesmo, na igreja de São Francisco. Mas José ignorou a liturgia e a tomou pelos braços, levando-a ao hospital mais próximo. Como um tenor dissonante, ele tirou forças de onde não sabia ter. Enfrentou o clero e a assepsia, salvando duas vidas ao mesmo tempo.

João Paulo nasceu no dia 25 de dezembro. Dois quilos e muitos gramas, pouco menos de cinquenta centímetros, algumas rugas em volta dos olhos e na testa. Os reis magos na beira da cama do hospital eram a avó, o tio e uma carpideira da cidade. Porque família iluminada também precisa ser precavida.

O tempo passou, João Paulo cresceu e conheceu uma vizinha da família. A história se repetiu. O menino mal tinha completado 16 anos, mas tudo se encaminhava para um novo ciclo de felicidade calculada, sem riscos. Georgiana tinha a simpatia de todos, era moça de respeito, criada nos valores cristãos, trabalhadora, honesta e muito bem-educada. Não havia o que questionar. "Marquem logo esse casamento, meninos!" E essa frase ecoou pelos últimos oito anos. Não houve dia ou noite sem que ele ouvisse a sentença sobre seu destino.

Hoje, o menino completa 24 anos. Haverá um churrasco de comemoração na casa do tio paterno, mas a mãe não estará presente. O casal se separou há algum tempo e Maria prefere não comparecer à festa. Ela comemorou o aniversário do filho na véspera, em companhia da nova família.

Depois da ceia, João Paulo seguiu para a casa de Georgiana, um ritual que se repete há oito anos. Lá ouviu as mesmas cobranças de casamento, as mesmas promessas de estabilidade, os mesmos elogios ao caráter da moça e à sua disposição para as prendas domésticas. Mas seu pensamento estava muito longe, em uma cidade litorânea, onde mora Olívia, uma garota apaixonada cuja história contarei em outra crônica.

Nos próximos 57 Natais, João Paulo deverá repetir a cena ritualística na casa de Georgiana. Terá segurança, estabilidade e uma vida pacatamente feliz. Ninguém duvida do amor da menina, nem ele mesmo, que talvez a ame também, como aqueles amores de gêmeos plurivitelinos acostumados à companhia perene.

Mas eu, que sou peixe de rio, me recuso a viver em águas paradas e, por isso, não farei uma crônica de Natal. Prefiro escrever sobre as diversas Marias e seus dilemas. As Marias que sofrem com a rotina. As Marias que têm coragem pra mudar de vida. As Marias que ensinam seus filhos a escolher seus amores.

Não escrevei uma crônica de Natal porque hoje é aniversário de João Paulo e Olívia não está com ele. Na casa de Maria Ruth, serviram tapioca e pato no tucupi. Na de Maria Josefa, bacalhau e castanhas. Na de Maria Eunice, frango com quiabo. Mas eu não estive em nenhuma delas.

Porque hoje é aniversário de João Paulo.

E Olívia não está com ele.

prefiro escrever sobre diversas marias

e seus dilemas.

a solidão

do

gafanhoto

A borboleta chegou por último, atrasada. Não teve tempo de ouvir as reclamações do grupo. Borboletas são assim mesmo: têm voo solo, convicto. Planam em asas coloridas e podem tanto aproveitar o vento como voar contra ele, a qualquer hora, em qualquer tempo.

Do outro lado da floresta, havia um gafanhoto. E gafanhotos são assim mesmo. Indiscretos, intensos, apaixonados. Ocupam plantações inteiras. Não fazem nada pela metade. Foi por isso que o grupo estranhou as três coincidências que uniram gafanhoto e borboleta. Embora o gafanhoto nem acreditasse em coincidências.

A essa altura, a borboleta já esboçava um sorriso e ninguém se lembrava de seu atraso. Nem podia. Difícil resistir aos contornos sutis dos olhos imaginários ou ao brilho que emana deles. Mesmo que ela tenha se esquecido da primeira coincidência, apesar de receber uma vela para iluminar a memória e ressaltar suas cores.

— Mas qual é a primeira coincidência, afinal?

Pergunte ao gafanhoto. Ele sabe.

Numa floresta tão grande, que tem zona sul, norte, centro e até oeste, gafanhoto e borboleta foram morar na mesma árvore! Mas só descobriram isso no dia em que ela deu descanso às asas coloridas e embarcou no voo cinza do vizinho, enquanto falava da vida e relatava a dança de sua solidão.

Gafanhoto achou estranho. Borboleta que dança sozinha? Ou perdeu as asas ou perdeu o juízo...

Nem uma coisa nem outra. Borboleta havia perdido a si mesma. Mas o gafanhoto iria ajudá-la. As asas dele eram calejadas, fortes. Conhecia a solidão da pior forma. A solidão acompanhada.

Aquela que não dança. Que não preenche. Que não marca. Porque a presença não é um objeto autônomo. Ela precisa sentir o pulso do outro. O ritmo. A batida. O corpo. E a própria ausência.

Lembra da segunda coincidência, borboleta? Lembra? Aquela do suor, da praia, da bicicleta na janela. Você? Ali? Naquele lugar? Mas o gafanhoto não acredita em coincidências. Como não acredita nas vozes da floresta, nas reclamações do grupo, na dança da solidão.

O que o faz pensar na terceira coincidência. Pequena, mas célebre. Uma coincidência dinâmica. Ou, talvez, na dinâmica, cujo paladar foi de chocolate recheado. Apenas uma escolha. Uma em trinta, divididas numa caixa. Trinta opções e uma coincidência, sob o olhar atento do gafanhoto, que não acredita nela.

É o momento para a borboleta ficar ruborizada, vermelha, enquanto segura o riso e desvia o olhar. Disfarça, borboleta! Ou muda a música e acaba logo com essa dança solitária. Amarra uma fita amarela no pulso e pede o isqueiro para as velas do fim da noite. Coloca o brinco africano no lugar da argola, ajeita a pulseira de marfim e solta o cabelo.

A vida é sopro. A gente não pode ficar muito tempo prendendo a respiração! O medo é a apneia da solidão. É o ar que falta na pista de dança.

O balão de oxigênio é o risco. É o risco que aumenta a possibilidade. É a possibilidade que liberta. É a liberdade que arrisca.

Não arriscar é morte prematura. É o arrependimento pelo que não se fez. É o amor que a gente só descobre quando perde.

Mas no compasso da desilusão, como é que se diz eu te amo?

Gafanhoto não sabe. Borboleta ensina:

— Escreve, gafanhoto!

E gafanhoto, obediente, desenha suas linhas.

Não há coincidências na vida. Só gafanhotos, borboletas e algumas poucas histórias de amor pra contar.

Tomara que uma delas seja a sua.

a vida

é

sopro.

o medo

é

apneia

da solidão.

e aí, doutor,

o de

sempre?

O amor são duas solidões que se protegem. A frase não é minha, é do Rilke, poeta dos bons, que conseguiu chegar bem próximo de uma definição para o que é impossível de definir.

De fato, meu caro Rilke, estamos sozinhos no mundo, presos a pensamentos incomunicáveis, neuroses antigas, manias personalizadas. O máximo de amor que podemos almejar é a cumplicidade com nossa esfinge indecifrável, quando aquele ou aquela em cuja proteção nos apoiamos oferece o ombro sem a fatídica pergunta: tá pensando em quê?

A solidão inviolável do pensamento não é barreira, é troca e, por isso, se transforma em companhia. Quem a protege também é protegido, estabelece pactos, monta os laços, embrulha o pacote. Até porque, vamos combinar, ninguém nunca saberá o que o outro pensa.

Lembro-me de ouvir o cronista Xico Sá comentar que em todos os seus cinco casamentos tentou se antecipar aos pensamentos das mulheres. Chegou a montar uma planilha de desejos femininos com base nas pistas que elas deixavam. Obviamente, sempre errava, porque as pistas nunca correspondiam ao que elas realmente queriam.

Tudo bem, admito que este é o momento em que diversas mulheres dirão que gostariam de ter um homem assim, com tamanho nível de esforço premonitório, e que não se importariam de ter o pensamento invadido. Então vamos combinar de novo: se você é uma dessas mulheres, quantas vezes deixou pistas que fossem realmente conclusivas? De cada dez perguntas, quantas delas foram apenas retóricas? De cada dez comentários casuais, quantos foram maliciosos?

Se você quiser, deixo o telefone do Xico ao final da crônica. Mas ele próprio admitirá que essa volúpia da premonição nunca passou da primeira semana de casamento. Como nos diz o cronista, o homem tem uma vocação intrínseca para a rotina. Gostamos de ouvir a frase do garçom: E aí, doutor, o de sempre? Enquanto a mulher precisa trocar de bolsa umas três ou quatro vezes por semana, no mínimo.

Por falar nisso, Xico, nosso garçom continua o mesmo lá no Cervantes. Mas aposto que a patroa irá com uma bolsa diferente no próximo encontro. Se você conseguir adivinhar apenas a cor, já terá vaga garantida no paraíso doméstico de suas planilhas. O resto é lucro. Saber se ela quer ir pra Nova Iorque ou reformar o banheiro é apenas um detalhe. A pista nunca está errada. O detetive é que se confunde.

Chega de papo, meu amigo. Vou preparar minha solidão para a esfinge que me acompanha no jantar. Não exaltarei a rotina, mas tampouco terei talento para me aventurar na lógica das pistas espalhadas pela mesa.

Vejo uma toalha branca, guardanapos de linho, velas acesas e os pratos de porcelana indiana posicionados numa diagonal perfeita. Quando ela ajeita a cadeira, a fenda do vestido preto turva meus sentidos e destrói qualquer possibilidade de previsão. Os dedos se entrelaçam. O olhar fita meus pensamentos e talvez os conheça antes mesmo de qualquer pergunta. A voz sussurrada no ouvido esboça a frase original de nosso cotidiano:

— E aí?

Não preciso nem olhar a planilha.

gostamos de ouvir

a frase do garçom:

e aí, doutor, o de sempre?

enquanto a mulher precisa

trocar de bolsa umas

três

ou

quatro

vezes por semana,

no mínimo.

a invenção

do

cânone

literário

O carro de luxo cruzou a avenida Saint Germain e dobrou na rua Monge. O motorista, com seu impecável terno azul e o tradicional quepe com bordas de acrílico na cabeça, olhou discretamente pelo retrovisor. O patrão admirava o bracelete de diamantes usado pela mulher, enquanto balbuciava algumas palavras sobre o tempo frio e seco do local. A neve dos anos anteriores ainda não começara a cair. Talvez nem começasse. Efeito estufa. Gás carbônico. Sei lá! As questões ecológicas não interessavam à patroa. Nem ao motorista.

As rotações do motor denunciavam a redução da marcha para a subida do antigo Monte Santa Genoveva. Passaram pela rua des Écoles, pela praça Cardinal Lemoine e pela arena romana, um dos poucos vestígios da velha cidade de Lutécia. Ao chegarem à rua Saint-Médard, viraram à direita e pararam em frente ao que parecia ser um restaurante ou uma casa de vinhos. O atendente veio recebê-los à porta.

— Bonjour, Madame. Bonjour, Monsieur. Vieram para a degustação?

Madame e Monsieur se limitaram a balançar a cabeça positivamente. Atravessaram a porta de vidro e escolheram a mesa ao lado do longo balcão de madeira cujo brilho chegava a espelhar o revestimento do teto. O lugar era pequeno, mas o pé-direito alto dava a impressão de amplitude ao espaço. Centenas de latas estavam arrumadas nas prateleiras espalhadas pela parede de seis metros de altura por doze de largura, onde também havia pequenos bules e xícaras de terracota.

O garçom se aproximou e forneceu um cardápio para cada cliente. As outras mesas estavam vazias. O casal desfrutava de atendimento exclusivo, o que incluía não apenas a atenção completa como também explicações detalhadas sobre o menu, cujas 18 páginas se limitavam a apenas uma iguaria.

— Je voudrais...

O garçom percebeu o leve sotaque latino do cliente que deslizava os dedos pelo cardápio. Não era francês, tinha certeza. O que, de fato, não fazia a menor diferença, já que o texto estava em mandarim. As únicas palavras que Monsieur compreendeu foram as do título, referentes ao nome do estabelecimento: Maison des Trois Thés. Mesmo assim, fez sua escolha, envaidecido por demonstrar conhecimento do produto e pela pronúncia perfeita na língua de Mao Tsé-Tung.

— Wen Shan Bao Zhong. O número quatro, por favor! É mais alegre do que o número três.

— Perfeitamente — respondeu o garçom.

O chá escolhido levava o nome da proprietária da Maison, Madame Zhong, uma chinesa de 37 anos cuja fama internacional devia-se à mistura de plantas na composição das infusões servidas em seu bistrô parisiense. Personalidades do mundo inteiro passavam pela rua Saint-Médard apenas para provar aquelas ervas banhadas em água quente. A casa não servia qualquer outro produto. Nem pequenos tira-gostos eram permitidos. Nada deveria interferir na degustação do chá.

O ritual também era importante. O garçom colocou um punhado da erva no bule de terracota, enquanto a água fervia no pequeno fogão ao lado da mesa. Cada cliente recebeu uma xícara e a explicação sobre o método de consumo, que era obrigatório mesmo para frequentadores assíduos. A água fervente foi colocada no bule até transbordar. Em seguida, o garçom tampou o recipiente e esperou durante exatos 37 segundos, tempo ideal da infusão, para servir o casal, que precisaria esperar quatro minutos e meio para sorver o líquido.

— Querido, a escolha foi perfeita.

— Eu sei. Já tinha ouvido falar dessa safra. Ela tem substância. Causa um estranhamento sólido. É inovadora, experimental, sensível.

— A erva pertence a que gênero?

— É um gênero híbrido. Transita pelas margens. Rompe barreiras. Mas essa erva já pode ser considerada um novo clássico.

— Por quê?

— O New York Times deu o conceito máximo para a mistura. Não foi à toa que Madame Zhong colocou o próprio nome no chá.

— Conceito máximo?

— Não podia ser diferente. Ela ganhou todos os prêmios no ano passado.

— E o que disse o crítico do Le Monde?

— Nada ainda. Como o Times já publicou uma crítica, acho que o sujeito vai esperar até a semana que vem. Eles são compadres. Mas eu li resenhas em jornais alemães, espanhóis e até ingleses. Todos têm a mesma opinião: é um novo clássico. Não há dúvidas.

— Hummmm! Agora está ainda melhor.

— É verdade. O aroma é ótimo. Há um buquê de sol poente, um gosto romântico, um sentimento de vanguarda. É a desconstrução dos chás anteriores. Uma nova tendência infusiva.

— Sinto a mesma coisa.

— O palato fica encharcado. Percebo um antirracionalismo em cada gole. A extraterritorialidade invade a garganta. As estruturas estão delineadas. O estranhamento permanece na boca. É perturbador!

— Isso me lembra o Romanée-Conti que bebemos ontem.

— O de ontem foi da safra de 1956. Não era tão bom.

— Como não? Custou mais caro que a garrafa de Château Pacas 1947.

— É mesmo?

— Éééééééééééééééééééééééé!

— Incrível. Devo ter comido alguma coisa que interferiu no gosto.

— Acho que foi o Manifesto.

— Deve ter sido. O tempero estava muito forte. Não dá pra comer Manifesto em qualquer lugar.

— Não dá mesmo.

E passaram a tarde na Maison des Trois Thés, degustando os cinquenta mililitros do melhor chá que podiam beber.

Um novo clássico.

um

novo

clássico.

os signos

de

paris

O maior clichê da solidão é o sujeito desacompanhado em Paris. Quem pode fugir ao imaginário povoado por Casablanca, pela Simone de Sartre (ou o contrário) e pelas festas de Hemingway? *Play it again*, Sam, e repetimos cada imagem romântica da cidade: a caminhada pela Rive Gauche, os cafés da Saint Germain Des Pres, as obras de arte no Quatier Latin, os beijos apaixonados na Pont Des Arts. Uma conspiração contra o isolamento, contra a introspecção. Só um louco fica sozinho em Paris.

Eu fiquei.

Podem colocar na conta do clichê, mas passei quase um ano imerso numa pesquisa de pós-doutorado cuja única companhia era a estante de semiologia da biblioteca François Mitterrand. Na verdade, eram várias estantes. Então, talvez eu esteja exagerando. Também havia diversos pesquisadores nas mesas ao lado e uma boa cafeteria no corredor. Mas que tipo de comunicação poderia ocorrer entre nerds chafurdados no estudo dos signos?

Eu sei, é uma contradição. Estudiosos dos signos deveriam saber como usá-los, mas a lógica da semiologia não funciona assim. De tanto observar, o sujeito se perde na contemplação do outro, tentando interpretá-lo nos detalhes, nas vírgulas, no sorriso de lado, nas pernas cruzadas, no decote que se aprofunda pelas costas. Mas quando chega o momento da cafeteria, o máximo que conseguimos é aquela troca de olhares meio tímida, indecisa, sem a força do protagonista da novela. E o sujeito continua sozinho em Paris.

Não adianta perguntar. Não direi o nome dela nem sob tortura. Já basta que vocês saibam o tamanho do decote e imaginem o movimento das pernas. Quantas intelectuais francesas com essas características frequentaram a biblioteca no mesmo período? Uma simples pesquisa nos arquivos me entregaria. Melhor parar com os detalhes.

Seguimos com a semiologia.

A regra básica é a relação entre significante e significado. Exemplo: a palavra "lâmpada" tem um significante, "l-â-m-p-a-d-a", e um significado, "objeto que ilumina". Uma relação clara, sem muitas discordâncias. Mas se mudarmos a palavra, saindo de um conceito concreto para outro, mais abstrato, tal relação pode mudar. Exemplo: qual é o significado da palavra *solidão*?

Permitam-me responder: solidão é o sujeito sozinho em Paris.

Novamente, estou recorrendo ao clichê. Uma pobreza semiológica toma conta do meu raciocínio. Só consigo pensar nas pernas e no decote. Lembro também do olhar, acompanhando o tal sorriso de lado que já mencionei. Havia uma esperança triste naqueles olhos que me fitavam na cafeteria. Não sei se era a esperança de que eu a abordasse ou o terror diante de tal possibilidade. Daí não seria tristeza, certo?

Talvez.

O fato é que jamais nos falamos. Durante meses, permanecemos na eterna viagem entre as estantes e o cappuccino sem conseguir uma única palavra para mediar nosso encontro. Uma única e miserável palavra cujo significado fosse suficiente para dar conta dos olhares que se perderam pela biblioteca da cidade.

Uma palavra que evitasse o clichê.

a regra básica

é

a relação entre

significante

e

significado.

instruções para o meu funeral

Pois é, meu amigo, se você está lendo estas linhas, tenho a impressão de que não poderei ouvir sua voz de barítono libanês. Morrer não é difícil. Difícil é ficar aqui deitado, com algodão nos ouvidos, tentando adivinhar o que estão falando em volta de mim. Por motivos óbvios, também não sou capaz de fazer leituras labiais e essas flores me dão uma alergia danada. O único sentido que me resta é o tato. Portanto, se não for muito assustador, coloque a mão no meu ombro para que eu possa perceber o timbre de suas palavras.

Pra começar, diga aos presentes que não estou de acordo com isso. Por mim, a festa não teria hora pra acabar. Quem inventou a morte não sabe o que é viver. Quem inventou a morte não sabe o que é a brisa lateral da praia do Pepê, o chope com os amigos do colégio, o futebol no domingo, a pele feminina molhada de suor. Quem inventou a morte não conhece a poesia do Rilke, os romances do Saramago, as sonatas de Chopin, a guitarra do Hendrix, os quadros do Portinari, o cinema de Fellini. Quem inventou a morte é um ignorante. Um tremendo ignorante.

Não sei se fica bem confessar, mas tenho alguns arrependimentos. Quais são mesmo? Deixe-me ver!? Tá difícil de lembrar. Memória de morto não é das melhores, meu amigo. Peça ao padre aí do lado pra me perdoar a crédito ou *ad hoc*, sei lá. Também não me incomodo se houver um rabino, um pastor ou um pai de santo. Na dúvida, prefiro estar de bem com todos. Shalom, amém e saravá. Ah, lembrei! Sabe uma coisa da qual me arrependo? Filtro solar. Passei a vida toda usando esse creme pastoso e agora pergunto: pra quê? Olha só a minha cor! Podia, ao menos, restar um bronze nessa face amarela. Vou te contar uma coisa, meu amigo: na próxima encarnação, não usarei filtro solar nem morto.

Por falar nisso – na reencarnação, não no filtro – quero dizer que sou brasileiro e não desisto nunca. Portanto, eu acredito. Se houver uma maternidade por perto, corre pra lá. O primeiro bebê que chorar fora do tom e piscar pra enfermeira tem altíssima probabilidade de ter recebido este espírito cambaleante, cujas passagens pela Terra devem se repetir muitas vezes antes de alcançar a iluminação. Pelo menos, é o que eu espero. A luz pode ficar para o fim do túnel, não tenho pressa.
Quero ser repetente nessa escola, meu amigo.

A verdade é que, se pudesse nascer de novo e me dessem opção, escolheria a mesma família, os mesmos amigos, a mesma profissão. Nada me dá mais orgulho do que ser filho de Seu Antonio e Dona Josefa. O mais próximo que estive da dignidade devo a esses dois imigrantes cuja saga ultramarina merecia um filme. Eles também me deram essa baixinha que está ao seu lado com meus sobrinhos. Aliás, meu amigo, se alguém quiser te proibir de ler esta carta, fale com ela. Aposta a alma que nem um pelotão do BOPE a impediria de realizar o desejo do irmão.

Mas vamos voltar às instruções. Dê uma olhada em volta. É possível que você reconheça algumas faces morenas – ou loiras, ou ruivas, ou as diversas combinações juntas. Todas foram importantes. Faça chegar essa informação a cada uma, sem restrição. E, se entre elas estiver a mulher que eu ainda amo, diga que é tudo mentira, que nunca houve amor, que nunca houve festa. Diga que ela precisa botar o melhor vestido, o melhor sapato, o melhor batom. E sair pela avenida na quinta marcha. Diga que precisa sorrir, que precisa dançar, que precisa correr. Não a deixe perder tempo, nem se perder no tempo.

Os bons companheiros dessa jornada – alunos, amigos, leitores – talvez estejam por perto. Eles foram a razão de tudo. Agradeça por mim. Se conseguir juntar meia dúzia, você já terá número suficiente para segurar nas alças. Mas, antes, não se esqueça de me cobrir com a bandeira do meu time e de colocar um exemplar do Cervantes para me fazer companhia. Na dúvida, deixe também um celular com a bateria carregada. Prometo não ligar.

Um pouco antes do fechamento, faça um círculo e leia esta carta. Use sua melhor entonação, aquela que você aprendeu nas aulas do Tablado. Encha o pulmão de ar, respire e solte o tom grave de cada sílaba. Confio no seu talento. Você foi e sempre será o melhor de nós. Ninguém pode negar isso.

Não tenho medo, meu amigo.

Não é a morte que me assusta, é o esquecimento.

Mas enquanto houver um leitor, ainda terei a esperança de ser lembrado. Uma parte de mim foi literatura. A outra parte são vocês.

E que fique bem claro: a melhor parte são vocês.

Sempre, a melhor parte foram vocês.

sempre, a melhor parte

foram vocês.

o amor de si

(para jean-jacques rousseau)

(O livro termina aqui, caro leitor. O texto a seguir não é uma crônica, é um arremedo de ensaio. Portanto, não merece a leitura. Só o incluí nestas páginas porque tenho uma dívida intelectual com o autor supracitado. Espero que me perdoe por pagar essa dívida com a sua paciência.)

Um dos mitos que permearam grande parte do pensamento de esquerda no mundo moderno foi o do bom selvagem de Rousseau. Quiseram acreditar que o homem é naturalmente bom, corrompido apenas pelo advento da propriedade, quando "o primeiro que, cercando um terreno, se lembrou de dizer 'isto me pertence', e encontrou criaturas suficientemente simples para acreditar nele" (2º discurso, p. 175). Vamos tentar desmontar esse mito e defender a hipótese de que o bem coletivo só pode vir a reboque do bem individual, ou melhor, do bem singular, cuja origem está no que o autor chama de "amor de si".

Pra começar, inspirado no bom selvagem, Rousseau concebeu o estado de natureza como um estado histórico e não estático, cuja função seria, como prevê o 2º discurso, demonstrar a decadência da humanidade a partir do momento em que ela ingressou na sociedade civil. Contra essa decadência, o autor sugeriu uma renovação das instituições, o que só poderia acontecer por meio de uma revolução moral, obtida pelo restabelecimento da virtude.

Para Rousseau, portanto, o estado de natureza apresenta-se numa posição diferente das de Hobbes, Locke e Espinoza perante o movimento histórico da humanidade. Enquanto estes últimos concebem um modelo dicotômico (estado de natureza *x* sociedade civil), divergindo apenas na consideração positiva ou negativa da natureza, Rousseau idealiza um modelo triplo, em que ao estado de natureza (positivo) segue-se o estado civil (negativo) e, só depois deste, a República (positiva), pois é fundada pelo contrato social.

O mito do bom selvagem, então, acaba erroneamente difundido como verdade porque, para Rousseau, a deflagração dos conflitos não acontece no estado de natureza, como afirmava Hobbes, mas pela posse dos bens que o progresso das ciências e a divisão do trabalho trouxeram para a sociedade civil. Ambos, todavia, convergem na afirmação de que o estado precedente ao estabelecido pela razão é um estado de guerra efetiva (ou potencial, como quer Locke).

Outro teórico a abordar o estado de natureza é Pufendorf que, como Rousseau, também o considera um estado de paz, por permitir ao homem não só ouvir a paixão, mas também a razão. Assim, o que o levará à sociedade civil (negativa) é o caráter paradoxal do estado de natureza, pois, como afirma Norberto Bobbio, "se por um lado, ele é um estado de paz, por outro, é um estado de infelicidade e, portanto, negativo, por causa de duas características naturais e contraditórias do homem, que são o amor de si, que o impele a preocupar-se com sua própria conservação, e a fraqueza, ou seja, a insuficiência das próprias forças, que o obriga a unir seus esforços aos dos outros" (*Sociedade e Estado na filosofia política moderna*, p. 53 e 54).

Entretanto, para Rousseau, o *amor de si* não pode ser confundido com o *amor próprio*. São conceitos completamente diferentes. O primeiro congrega, o segundo separa.

O amor de si é o princípio da justiça humana. Nas palavras do professor Galvano Della Volpe, "é do sistema moral formado pela relação entre si e seus semelhantes que nasce o impulso da consciência".

Um impulso que torna o homem semelhante a Deus, conforme Rousseau escreveu em seu tratado de educação *O Emílio*, com a intenção de mostrar que do amor de si deriva o amor aos homens.

Em outras palavras, se o indivíduo é semelhante a Deus, então a parte, no gênero humano, é mais elevada que o todo. *Assim, a liberdade do coletivo está na liberdade do singular, pois, cada um, unindo-se a todos, obedece a si próprio.* Como num cristianismo pragmático, a frase "ama a teu próximo como a ti mesmo" tem sua derivação no pensamento de Rousseau:

"Quando a força de uma alma expansiva me identifica com o meu semelhante, e eu me sinto, por assim dizer, nele, é para não sofrer que quero que ele não sofra e interesso-me por ele por amor a mim próprio."

Então, para o filósofo genebrino, amar a si é amar ao outro.

Simples e direto.

então,

para o filósofo genebrino,

amar a si é amar ao outro. simples

e

direto.

crônica do posfácio

O posfácio jamais poderia ser uma crônica. A incoerência é tão clara, que nem precisa de explicação. Mas já que o erro foi meu, tentarei defender o título destas linhas derradeiras com argumentos nebulosos mesmo.

O objetivo era explicar o conteúdo do livro (portanto, um posfácio) por meio de uma linguagem despretensiosa (portanto, uma crônica), o que, para o crítico Afrânio Coutinho, seria a própria definição do gênero. Em outras palavras, eu aproveitaria o espaço para dizer, despretensiosamente, que algumas crônicas aqui publicadas são inéditas, enquanto outras já foram veiculadas em jornais, livros e revistas. A conexão entre elas estaria no tema: a separação.

Mas antes que o futuro do pretérito transforme este texto num poema involuntário, tenho a obrigação de dizer que quase todos os livros de crônicas que encontramos por aí são antologias. Isto é, os autores escolhem os melhores textos publicados durante um certo período de tempo e os reúnem numa brochura, palavra cuja fonética já é a própria explicação da obra.

Este livro não segue a regra. Não escolhi as melhores nem as piores crônicas que já escrevi, até porque não saberia atribuir valor a elas. Como já disse, apenas reuni os textos que tratavam da separação. E me refiro não apenas à separação entre os casais mas também a outras, menos óbvias, como entre os políticos e os eleitores; entre os intelectuais e as massas; entre os escritores e os leitores.

Algumas vezes, tive medo de estar nesta última categoria. Mas, como a maioria das crônicas fala de amor, achei que seria perdoado. Se eu estiver errado, por favor, me avise. Escrevo na esperança de que os textos se tornem garrafas ao mar. Não quero convencer ou ilustrar, apenas levanto discussões. Por isso, dou o endereço da minha fábrica de garrafas: felipepena@globo.com. Se elas chegarem à sua praia, mande-as de volta, com flores ou pedras, não importa. O escritor deve aceitar a vocação para vidraça. E eu estou aqui, com a cara no vidro, atravessando a avenida.

Um beijo na testa pra você.

um beijo

na testa

pra você.

agradecimentos

- A Antonio e Josefa Areal, alquimistas profícuos, a quem devo tudo.
- A Antonio Pena e Carmem Piñero, pela moldura do espírito.
- A Viviane, Herbert, Hugo e Pedro, pela vida toda.
- À Karla, por ela mesma.
- À Luciana Villas-Boas, pela competência, amizade e sensibilidade.
- A Lu Magalhães e sua equipe, pela confiança.
- A João Marcelo Assafim, André Pacheco e Carlos Garcete, intelectuais de estirpe e mestres da retórica de botequim.
- Ao Carlos Gamboa, o mais vietnamita dos cariocas.
- A Sandokan Sterque e Ricardo Mares Guia, barões da boemia carioca.
- A Marcelo, Luciano, Magro e Método Pereira, uma família de guerreiros.
- A Marcelo Montenegro, André Colpas, João Nobody, Márcio Bocão, Rodrigo Sapão, Rodrigo Trajano, Renato Albuquerque, Kika, Ayra Estrela e Alexei Gabetto, profundos pesquisadores da lavoura de limão.
- A Luiz Augusto, Glória, Adelino e Dulce, pelos corações e mentes.
- A todos os companheiros do Colégio Marista São José, pela formação perene.
- Aos professores da Universidade Federal Fluminense, pelo prazer do convívio.
- Aos amigos da TV Globo, que inventam mundos, reconstroem vidas e costuram a fantasia.
- Aos meus alunos, razão de tudo isso.

obras do autor

Romances:

- *Fábrica de diplomas* (Editora Record, 2008).
- *O marido perfeito mora ao lado* (Editora Record, 2010).
- *O verso do cartão de embarque* (Editora Record, 2011).

Biografia:

- *Seu Adolpho – Uma biografia em fractais de Adolpho Bloch, fundador da revista Manchete* (Editora Usina das Letras, 2010). Finalista do prêmio Jabuti em 2011.

Ensaios:

- *A volta dos que não foram* (Editora 7 Letras, 1995).
- *Televisão e sociedade* (Editora 7 Letras, 2002).
- *Teoria da biografia sem fim* (Editora Mauad, 2004).
- *Teoria do jornalismo* (Editora Contexto, 2005).
- *Jornalismo literário* (Editora Contexto, 2006).
- *1000 perguntas em jornalismo* (Editora LTC, 2012).
- *1000 perguntas em Teoria da Comunicação* (Editora LTC, 2012).
- *No jornalismo não há fibrose* (Editora Cassará, 2012). Finalista do prêmio Jabuti em 2013.

Contos:

- "Carta de São Paulo ao apóstolo João". Na coletânea *O livro Branco – 19 contos inspirados em músicas dos Beatles* Organizador: Henrique Rodrigues (Editora Record, 2012).
- "O entretenimento como conceito de valor na literatura". *Introdução da coletânea de contos Geração Subzero*. Organizador: Felipe Pena (Editora Record, 2012).

O selo Primavera reúne títulos que oferecem
aos leitores a possibilidade de viver emoções
que não fazem parte do enredo cotidiano.

PRIMAVERA
EDITORIAL

Título Beijo na testa é pior do que separação: Crônicas do fim de tudo.

Equipe editorial LINDSAY GOIS, LOURDES MAGALHÃES E MARIANA CARBONELL
Preparação de textos e revisão LINDSAY GOIS
Capa, projeto gráfico e diagramação RODOLFO MELO

Dados Internacionais de Catalogação na Publicação (CIP)
(Câmara Brasileira do Livro, SP, Brasil)

Pena, Felipe
Beijo na testa é pior do que separação : crônicas do fim de tudo / Felipe Pena. -- São Paulo : Primavera Editorial, 2013.

ISBN 978-85-61977-65-8

1. Crônicas brasileiras I. Título.

13-10637 CDD-869.93

Índices para catálogo sistemático:

1. Crônicas : Literatura brasileira 869.93

PRIMAVERA
EDITORIAL

Rua Ferreira de Araújo, 202 - 8º andar
05428-000 – São Paulo – SP
Telefone: (55 11) 3034-3925
www.primaveraeditorial.com
contato@primaveraeditorial.com

Beijo na testa é pior do que separação
Crônicas do fim de tudo

foi impresso em São Paulo pela Gráfica Paym
para Primavera Editorial em dezembro de 2013.
fontes Garamond e Myriad Pro Condensed
papel alta alvura alcalino 90 g/m²